NUE

DU MÊME AUTEUR

La Salle de bain, *roman*, 1985, (« double », n° 32)
Monsieur, *roman*, 1986
L'Appareil-photo, *roman*, 1989, (« double », n° 45)
La Réticence, *roman*, 1991
La Télévision, *roman*, 1997, (« double », n° 19)
Autoportrait (à l'étranger), 2000, (« double », n° 78)
La Mélancolie de Zidane, 2006
L'Urgence et la Patience, 2012

Marie Madeleine Marguerite de Montalte

I. Faire l'amour, *hiver* ; 2002 (« double », n° 61)
II. Fuir, *été* ; 2005 (« double », n° 62)
III. La Vérité sur Marie, *printemps-été* ; 2009 (« double », n° 92)
IV. Nue, *automne-hiver* ; 2013

Aux Éditions Le Passage

La Main et le Regard, 2012, à l'occasion de l'exposition LIVRE/LOUVRE au musée du Louvre

Dire d'elle ce qui jamais ne fut dit d'aucune.

Dante

Automne-hiver

En dehors du côté spectaculaire de certaines des robes créées par Marie dans le passé — la robe en sorbet, la robe en calycotome et romarin, la robe en gorgone de mer que paraient des colliers d'oursins et des boucles d'oreilles de Vénus —, Marie s'aventurait parfois, en marge de la mode, sur un terrain expérimental proche des expériences les plus radicales de l'art contemporain. Menant une réflexion théorique sur l'idée même de haute couture, elle était revenue au sens premier du mot couture, comme assemblage de tissus par différentes techniques, le point, le bâti, l'agrafe ou le raccord, qui permettent d'assembler des étoffes sur le corps des modèles, de les unir à la peau et de les relier entre elles, pour présenter cette année à Tokyo une robe de haute couture sans couture. Avec la robe en miel, Marie inventait la robe sans attaches, qui tenait toute seule sur le corps du modèle, une robe en lévitation, légère, fluide, fondante, lentement liquide et sirupeuse, en apesanteur dans l'espace et au plus près du corps du modèle, puisque le corps du modèle était la robe elle-même.

La robe en miel avait été présentée pour la première fois au *Spiral* de Tokyo. C'était le point d'orgue de la dernière collection automne-hiver de Marie. À la fin du défilé, l'ultime mannequin surgissait des coulisses vêtue de cette robe d'ambre et de lumière, comme si son corps avait été plongé intégralement dans un pot de miel démesuré avant d'entrer en scène. Nue et en miel, ruisselante, elle s'avançait ainsi sur le podium en se déhanchant au rythme d'une musique cadencée, les talons hauts, souriante, suivie d'un essaim d'abeilles qui lui faisait cortège en bourdonnant en suspension dans l'air, aimanté par le miel, tel un nuage allongé et abstrait d'insectes vrombissants qui accompagnaient sa parade et tournaient avec elle à l'extrémité du podium dans une embardée virevoltante, comme une projection d'écharpe échevelée, sinueuse et vivante, grouillante d'hyménoptères qu'elle emportait dans son sillage au moment de quitter la scène.

Tel, du moins, était le principe. En pratique, les difficultés s'étaient multipliées, et la présentation de la robe en miel au *Spiral* de Tokyo avait nécessité des mois de travail et la mise en place d'une petite cellule spécialisée qui s'était consacrée exclusivement au développement du projet de la robe en miel. Dès le départ, il avait fallu choisir entre travailler avec de vraies abeilles ou faire appel à un système de faux insectes téléguidés, en s'appuyant sur les travaux les plus récents de biorobotique, qui permettent d'envisager de minuscules robots aériens dotés de capteurs électroniques ventraux. Après examen de la question, et de nombreux échanges de courriers électroniques entre Tokyo et Paris, agrémentés de documents joints croquignolets qui contenaient des schémas complexes de prototypes volants miniaturisés, à l'allure sibylline de machines à voler de Léonard de Vinci, il apparut qu'il était techniquement possible de faire voler un essaim d'abeilles sur un podium de mode. Le principal point positif mis en lumière par les collaborateurs de Marie était que les colonies d'abeilles sont dociles et suivent partout aveuglément leur reine (si une reine parvient à s'échapper d'une ruche, toute la colonie la suit dans la nature, de sorte que certains apiculteurs n'hésitent pas à couper les ailes de leurs reines pour éviter de tels exodes). Lors d'un premier voyage préparatoire que Marie avait fait au Japon, son assistant lui avait arrangé un rendez-vous avec un apiculteur corse qui vivait à Tokyo, et Marie s'était retrouvée à déjeuner dans un restaurant panoramique de Shinjuku avec un certain M. Tristani, ou Cristiani (dont le prénom n'était rien de moins que Toussaint), petit homme sympathique, débonnaire, vêtu de tweed, de chevrons, de beige et de bordeaux. M. Tristani avait le poignet dans le plâtre et le bras en écharpe, il portait d'épaisses lunettes jaunes aux verres fumés qui cachaient un regard aigu, rusé et méfiant.

M. Tristani avait commandé l'apéritif dans la grande salle à manger déserte du restaurant panoramique, et il devait s'attendre à quelque déjeuner galant en compagnie d'une jeune femme qui s'intéressait à la fabrication du miel, mais Marie n'avait pas l'habitude de badiner pendant les déjeuners de travail. Dès que le maître d'hôtel était venu prendre la commande, elle lui avait exposé d'une voix décidée les grandes lignes de son projet. M. Tristani, dont les ardeurs s'étaient très vite éteintes, l'écoutait gravement, en hochant la tête, le poignet dans le plâtre, détachant de temps à autre maladroitement un filet de sole de sa main valide, puis, posant son couteau à poisson sur la nappe, il ramassait sa fourchette et avalait une bouchée d'un air douloureux, et même préoccupé, car, s'il avait bien compris, l'idée consistait à recouvrir un top-model de miel. *Piombu !* M. Tristani n'apportait pas beaucoup d'éléments de réponse aux multiples interrogations de Marie, se contentant d'éluder les questions en esquissant un geste vague de la main avec une expression fataliste, et, reprenant son couteau à poisson, il se remettait à défaire longitudinalement son filet de sole, en jetant à l'occasion un coup d'œil rêveur sur le quartier administratif de Shinjuku qui s'étendait dans la brume derrière la baie vitrée. Il restait résolument perplexe, répondait à côté, ou évasivement, aux questions techniques précises que Marie avait préparées à son intention (agenda ouvert à côté d'elle sur la nappe, liste de questions, qu'elle cochait à mesure), sans jamais obtenir le moindre renseignement utile, à croire que Toussaint n'y connaissait rien aux abeilles (ou que l'apiculture n'était pour lui qu'une couverture).

Leur collaboration s'en était tenue là, ils s'étaient séparés dans le hall de l'hôtel à la fin du déjeuner, et il lui avait offert un pot de miel avant de prendre congé (ce qui avait donné à Marie l'idée du sous-titre de son défilé : *Maquis d'automne*). Finalement, Marie avait travaillé avec un apiculteur plus bohème, un Allemand installé dans les Cévennes puis dans l'île d'Hokkaido, légèrement homosexuel et follement amoureux d'elle, selon Marie (ou le contraire, selon moi : une folle perdue qui avait un petit béguin pour elle), qui ne contredisait jamais personne et était prêt à faire ce qu'on voulait de ses abeilles pourvu qu'on lui signât des dérogations et des dégagements de responsabilité pour les autorités sanitaires japonaises et qu'on lui offrît pas mal de blé en contrepartie. Il aurait peut-être été parfait, cet homme, s'il ne s'était adjoint les services d'un autre Cévenol germanique qui venait également de l'île d'Hokkaido (une sorte d'idéaliste illuminé qu'on ne trouve plus que dans le miel), qui se faisait fort de dresser la reine des abeilles pour le défilé et en avait fait une démonstration ahurissante dans les bureaux de Tokyo de la maison de couture *Allons-y Allons-o*, devant tout le staff des collaborateurs japonais de Marie, designers et graphistes vêtus de noir, avec de fines lunettes à monture en titane, besaces en bandoulière croisées sur la poitrine, graves et sceptiques, réunis en arc de cercle devant une table à tréteaux vide, où, sans la moindre abeille, le gars leur avait fait un numéro pathétique de dompteur de puces, comme dans une vieille plaisanterie, où le dompteur, égarant ses protégées, les appelant par leur nom, les retrouvant, leur faisait faire des acrobaties et des triples sauts périlleux (tout le monde était ressorti de la réunion consterné — et Marie avait viré le type).

La préparation de la robe en miel avait également posé d'épineuses questions juridiques, d'assurances et de contrat. Lorsque, au terme d'un long casting organisé dans les bureaux de la maison *Allons-y Allons-o* à Tokyo, la mannequin fut choisie pour la robe en miel, une jeune Russe d'à peine dix-sept ans, les avocats de Marie travaillèrent plus d'un mois pour mettre au point le contrat définitif avec l'agence Rezo de Shibuya, contrat de plus de quinze pages qui contenait des quantités d'avenants et des clauses inhabituelles en raison de la spécificité de la prestation. La mannequin fut invitée à passer plusieurs visites médicales, dut consulter un dermatologue et un allergologue, et des tests furent programmés dans une clinique privée pour vérifier que sa peau pouvait supporter sans risque d'eczéma ou d'irritation un contact massif de miel sur la totalité du corps.

Les premières répétitions eurent lieu sans les abeilles (la ruche n'arriva par camion d'Hakodate que la veille du défilé). L'immeuble *Spiral* avait été entièrement réaménagé, le café et les boutiques fermés au public, et le podium avait été dressé dans le prolongement de la fameuse rampe en spirale qui descend du premier étage le long des murs de marbre blanc. Toutes les baies vitrées du bâtiment avaient été occultées par de grands drapés de velours noir. La dernière répétition eut lieu dans les conditions réelles du défilé, parmi les lumières ambrées des poursuites, des électriciens encore juchés sur des échelles pour régler la position des spots. La scène était recouverte d'épaisses bâches protectrices argentées, et le top-model, en tennis blanches délacées et maillot de bain deux pièces bleu pâle à fleurs jaunes, un iPod à la taille qu'un réseau de fils emberlificotés reliait à ses oreilles, prenait une série de départs chronométrés par des assistants bardés de matériel informatique, des ordinateurs portables traînaient partout dans les coulisses, abandonnés ici et là sur le sol du podium. Le staff complet des collaborateurs japonais de Marie avait maintenant pris ses quartiers au *Spiral*. Ils avaient envahi les chaises noires laquées réservées aux spectateurs au pied du podium et regardaient le modèle accomplir une série de trajets complets à vide en partant des coulisses, sans miel et suivi de nul insecte, traversant le podium dans ses tennis délacées de son pas nonchalant, la moue boudeuse et la démarche éthérée, tandis que des techniciens-son, émergeant d'un désordre de flight caisses argentées, réglaient les niveaux sonores derrière leurs consoles, interrompant parfois la musique, pour la faire repartir par brusques bouffées tonitruantes.

Le jour du défilé, quelques minutes avant l'entrée en scène de la robe en miel, régnait encore une effervescence de ruche dans les coulisses. La mannequin, debout sur un minitabouret disposé sur une bâche transparente, attendait, nue, la peau lisse et le sexe rasé, elle ne portait plus qu'un string couleur chair d'à peine deux centimètres de large qui masquait son pubis, et plusieurs maquilleuses, debout à ses côtés, travaillaient sur les parties de son corps qui resteraient découvertes pendant le défilé, couvrant son visage et ses mains de poudre de riz qu'elles appliquaient à la houppette pour faire ressortir sur sa peau, par contraste, l'ambre de la robe de miel qu'elle ne portait pas encore. Plus loin, à côté d'étagères qui contenaient des alambics et des ballons en verre, des récipients à décantation, des creusets en graphite, un essaim d'assistants japonais androgynes s'activaient comme des laborantins autour de la cuve en inox qui contenait le miel, glissant des éprouvettes dans la substance gluante pour recueillir des échantillons dont ils étudiaient la couleur et la viscosité à la loupe, introduisant un thermomètre dans la cuve pour prendre la température du mélange afin que le miel eût l'exacte consistance souhaitée au moment d'être enduit sur le corps du modèle. Quand la mannequin fut prête, étonnant corps lunaire épilé et poudré, les mains, la face et le décolleté couverts de poudre blanche, les assistants, se mettant à l'ouvrage, commencèrent à la peindre au pinceau, répartissant le miel sur son corps, l'un agenouillé le long de sa cuisse avec une courte brosse en poils de martre, un autre debout sur un escabeau qui lui enduisait le dos et les épaules au rouleau, tandis que d'autres encore lissaient le miel sur ses chairs, tapotaient délicatement sa peau avec des compresses de gaze fines et humides et qu'une grappe de jeunes stagiaires en blouse blanche tournaient autour de son corps immobile pour unifier la couche fraîchement posée à l'aide de sèche-cheveux afin de donner une ultime touche de laqué à la robe. Une habilleuse accourut avec les chaussures à talons aiguilles et les présenta au modèle qui se hissa dessus en prenant appui sur les épaules d'assistants accroupis, une jambe après l'autre, tandis qu'on l'accompagnait vers les coulisses en lui faisant un dernier raccord coiffure.

Alors, en une fois, au déclenchement de la musique, la mannequin s'élança et traversa le podium, suivie de l'essaim d'abeilles qui s'était calqué sur son allure, la suivant dans un bourdonnement électrique de milliers d'insectes qui couvraient les exclamations admiratives des spectateurs. C'était une réussite inespérée, la mannequin avait atteint l'extrémité du podium, elle avait observé une légère pause qu'elle avait marquée en se déhanchant, une main sur la taille, et elle était repartie en sens inverse, quand le miracle s'était produit, l'essaim d'abeilles avait fait demi-tour en prenant exactement le virage à son diapason, avait tourné au plus large en survolant les spectateurs par-delà le podium et en provoquant de nouvelles exclamations admiratives. Cela n'avait pas duré trente secondes et déjà la mannequin revenait sur ses pas quand, au moment de rejoindre les coulisses, elle eut un quart de seconde d'hésitation devant les deux sorties qui se présentaient à elle — une à gauche et une à droite — et, se souvenant de la consigne particulière de sortir par la gauche pour permettre aux abeilles de rejoindre leur ruche, elle se ravisa au dernier instant pour changer de direction, et, dans ce quart de seconde, dans cette infime hésitation, tout se brisa, s'écroula, le charme se rompit et elle trébucha sur le podium, s'écroula par terre, elle sentit le souffle bruyant des abeilles fondre immédiatement dans son cou, et ce fut alors, à la seconde, la curée, les abeilles la piquèrent de toutes parts, dans le dos, sur les épaules, sur les seins, dans la nuque, dans les yeux, dans le sexe, à l'intérieur du sexe, la mannequin recroquevillée par terre qui se protégeait le visage des mains, se débattant, chassant les assauts des abeilles d'un bras impuissant, se redressant sur les genoux et fuyant à quatre pattes, mais retombant par terre, de nouveau vaincue, comme une torche vivante, immolée, qui se contorsionnait sur le podium, plusieurs personnes s'étaient jetées hors des coulisses pour lui venir en aide, des assistants affolés, impuissants, l'apiculteur allemand qui avait surgi comme un personnage grand-guignolesque, lourdaud et empêtré, dans sa combinaison intégrale blanche de cosmonaute, les gants épais, le masque grillagé sur le visage, des pompiers japonais, des extincteurs à la main, qui s'étaient mis en position au-dessus du modèle, mais hésitaient à s'en servir de peur d'aggraver le mal.

Et c'est alors que le rideau s'était soulevé et que Marie, lentement, avait fait son apparition sur scène pour saluer le public, comme si elle avait tout orchestré, comme si c'était elle qui était à l'origine de ce tableau vivant, le top-model martyr entouré de multiples figures de douleur figées, les visages européens, asiatiques, interdits, ralentis, arrêtés, comme dans une vidéo de Bill Viola, avec, autour de la figure centrale du tableau toujours écroulée sur scène sous un essaim d'abeilles, les effigies casquées et lourdement costumées de l'apiculteur et des pompiers qui se faisaient face, leur extincteur à la main, les genoux fléchis, comme à jamais arrêtés dans un geste d'urgence interrompu. Car, refusant de se laisser vaincre par la réalité, Marie avait assumé le hasard et elle avait revendiqué l'image, au point de jeter un doute dans l'esprit des spectateurs, comme si la scène entière qu'ils découvraient sous leurs yeux avait été préméditée par Marie. Mais peu importe que la scène ait été préméditée ou non, l'image avait surgi, dans la réalité ou dans l'imagination de Marie, et elle se l'était appropriée : en se présentant sur scène, elle avait signé le tableau, elle avait apposé sa signature sur la vie même, ses accidents, ses hasards et ses imperfections.

Jusqu'à présent, quand elle travaillait sur une collection, Marie s'était toujours attachée à ce qu'elle pouvait contrôler, les détails les plus infimes, si infimes qu'il n'y a même pas de nom pour les nommer, trop infinitésimaux pour être formulés, ces *détails de détail* que, dans l'atelier de création, d'un œil expert, elle repérait d'instinct sur une robe en préparation, et qu'elle corrigeait immédiatement, annotait d'une ligne d'épingles, qu'elle amendait à genoux à coups de retouches indécelables, tissus plissés, pincés entre ses doigts, piochant les aiguilles sur le coussinet de la pelote à épingles, éliminant les défauts et réglant les problèmes à mesure, échenillant sans fin, de nouvelles imperfections apparaissant à la lumière des dernières corrections effectuées, et ainsi de suite, à l'infini. Car, ce que Marie recherchait, c'était la perfection, l'excellence, l'harmonie, une certaine adéquation de la forme et du tissu, la fusion de l'œil et de la main, du geste et du monde. La perfection, mirage illusoire, qui s'éloigne comme l'horizon et qu'on poursuit en vain, toujours inaccessible, la distance qui nous en sépare restant désespérément stable, même si les repères au sol, les repères fixes, nous indiquent que du chemin a été parcouru depuis la première ébauche, quand le projet n'était encore qu'un miroitement lointain dans les limbes vaporeux de l'esprit. Mais, dans sa quête infinie de la perfection, Marie n'avait encore jamais envisagé de travailler consciemment sur ce qui échappe. Non, elle voulait toujours tout contrôler, sans voir que ce qui lui échappait était peut-être ce qu'il y avait de plus vivant dans son travail. Car la perfection ennuie, alors que l'imprévu vivifie. La conclusion inattendue du défilé du *Spiral* lui fit alors prendre conscience que, dans cette dualité inhérente à la création — ce qu'on contrôle, ce qui échappe —, il est également possible d'agir sur ce qui échappe, et qu'il y a place, dans la création artistique, pour accueillir le hasard, l'involontaire, l'inconscient, le fatal et le fortuit.

I

Au début du mois de septembre, au retour de l'île d'Elbe après le grand incendie de la fin de l'été, nous sommes rentrés à Paris chacun chez soi, Marie dans l'appartement de la rue de La Vrillière et moi dans le petit deux-pièces de la rue des Filles-Saint-Thomas où je m'étais installé depuis notre séparation. Au moment de descendre du taxi (nous avions pris le même taxi depuis Roissy pour rejoindre Paris), je n'ai pas été capable d'exprimer les sentiments que j'éprouvais envers Marie — mais en ai-je jamais été capable ? Peut-être n'y eût-il pas eu de témoin à ce moment-là (le chauffeur de taxi qui attendait au volant pour continuer sa route vers la rue de La Vrillière), j'aurais pu laisser libre cours à l'émotion que je ressentais de devoir quitter Marie après les deux semaines heureuses que nous venions de passer ensemble à l'île d'Elbe. Il y eut un léger moment de flottement, je regardais Marie assise au fond du taxi, je perçus une interrogation muette dans son regard, comme si elle attendait quelque chose — un dernier geste, un aveu —, mais je ne dis rien de plus et j'avançai simplement la main vers elle. Je fis légèrement pression sur son poignet en le caressant en même temps pour lui dire au revoir. Elle me sourit avec douceur et me dit, avec une lueur de complicité amusée, d'une voix rêveuse, conquise, ensorceleuse : « Toi, dès que ta main m'effleure, mmmmhhh. »

Je l'ignorais sur le moment, mais ce fut peut-être là la dernière chose aimable qu'elle me dirait dans les deux mois à venir. En retrouvant le petit deux-pièces de la rue des Filles-Saint-Thomas dans la morne grisaille parisienne de ce début d'après-midi de septembre, je me suis senti immédiatement abattu, comme si j'anticipais déjà les jours de désœuvrement qui m'attendaient. J'ai posé mon sac de voyage dans le vestibule, et j'ai fait le tour de l'appartement vide. Ici et là, dans le couloir, reposaient encore des caisses en carton auxquelles je n'avais pas touché depuis mon déménagement. Cela sentait le renfermé dans les pièces sombres, un mélange d'humidité qui provenait du dehors et de vieille chaleur estivale accumulée en mon absence. Le lit n'était pas fait dans la chambre, les draps froissés et emmêlés, qui s'étalaient en vaguelettes de coton blanc. Un pantalon de pyjama traînait par terre, et une bouteille d'eau minérale était restée sur le bureau. Je m'avançai jusqu'à la fenêtre et je regardai dehors. La rue était déserte. Je portai le regard au loin, jusqu'à la Bourse, où venait de disparaître le taxi qui avait emporté Marie.

Je me tenais debout à la fenêtre, et je regardais la rue mouillée en contrebas, les trottoirs luisants d'humidité. Quelques passants s'éloignaient sous des parapluies, et cette image familière de Paris — Paris, la grisaille et la pluie — me parut alors particulièrement dépaysante au regard des journées de soleil et de ciel bleu limpide que nous avions connues sans interruption depuis deux semaines à l'île d'Elbe. Là-bas, à chaque heure, j'avais été au contact de Marie, nous nous voyions constamment, nous prenions nos repas en tête à tête sur la terrasse, je frôlais ses bras nus dans les couloirs de la maison et j'effleurais sa taille en descendant les sentiers qui menaient à la mer quand nous allions nous baigner. Même si je n'ignorais pas que nous étions séparés, je ne souffrais pas le moins du monde de cette séparation puisque nous étions tout le temps ensemble. C'était même ainsi, et uniquement ainsi, que je concevais maintenant la séparation avec Marie, en sa présence.

En réalité, je pensais que Marie me téléphonerait très vite après son retour. J'imaginais même, à ce moment-là, que, dans les prochains jours, Marie me proposerait de revenir habiter avec elle rue de La Vrillière. Je savais bien qu'elle ne l'exprimerait sans doute pas en ces termes, mais ce que j'espérais secrètement, c'est que les choses se feraient naturellement, et que, dans la foulée du séjour à l'île d'Elbe, nous nous reverrions tellement souvent dans les prochains jours, et avec tellement de plaisir implicite et de tendresse retrouvée, qu'un soir, naturellement, elle me proposerait de rentrer en sa compagnie rue de La Vrillière après un dîner au restaurant et que je passerais la nuit avec elle, pour ne repartir qu'au petit matin. Puis, l'expérience se renouvelant au fil des jours, je repartirais de plus en plus tard, pour ne plus repartir du tout et faire la jonction en quelque sorte, rapportant rue de La Vrillière, au gré de mes besoins, quelques affaires de la rue des Filles-Saint-Thomas, rêvant en somme d'un déménagement inverse de celui que j'avais effectué au début de l'année à mon retour du Japon, mais cette fois en douceur, par étapes, progressivement, vêtement par vêtement, livre par livre, un objet à la fois, et non pas toutes mes caisses ensemble, pour faire place nette et dégager, comme j'avais dû le faire dans la douleur au début de l'année, quand j'avais fait appel à une société de taxis camionnettes pour le déménagement.

Je n'osais pas me l'avouer explicitement, mais ce que j'attendais dès maintenant à la fenêtre, c'était — déjà — un coup de téléphone de Marie. J'espérais même recevoir son coup de téléphone avant même d'avoir quitté la fenêtre, avant même d'avoir eu le temps de faire quoi que ce soit dans l'appartement, ouvrir mon courrier ou défaire mes bagages, pour pouvoir lui dire, en décrochant, avec une modestie amusée peut-être teintée d'un zeste de triomphe : « Déjà ? ! », et cette interminable demi-heure que je passai là devant la fenêtre à attendre vainement le coup de téléphone de Marie fut comme un condensé des deux mois d'attente que j'allais vivre en attendant un signe de sa part. Dans les premiers instants, c'était encore la fièvre et l'impatience qui dominaient, le sentiment amoureux réactivé par les jours passés ensemble à l'île d'Elbe, le désir intact d'entendre sa voix au téléphone — sa voix peut-être intimidée, douce, enjouée, qui me proposerait de nous revoir dès le soir même —, puis, à mesure que les minutes passèrent, les heures, les jours et les semaines, et bientôt le mois de septembre en entier, sans que Marie se manifestât en aucune manière, mon impatience initiale fit place peu à peu au fatalisme et à la résignation. Mes sentiments à l'égard de Marie passèrent alors progressivement de la tendresse impatiente des premiers instants à une sorte d'agacement que j'essayais encore de contraindre. Le temps aidant, je ne retins plus rien et je finis par laisser libre cours à mon ressentiment. La dernière inconstance de Marie, de m'inviter ainsi à passer deux semaines avec elle à l'île d'Elbe pour me négliger ensuite et ne plus me faire aucun signe, n'était que l'ultime manifestation de sa radicale désinvolture.

Mais, ce qui était peut-être nouveau à présent, depuis notre retour de l'île d'Elbe, c'est que Marie réussissait l'exploit de m'agacer même quand elle n'était pas là. Car, jusqu'à présent, quand elle n'était pas là, Marie me manquait immédiatement, rien n'aiguisait autant mon amour pour elle que son éloignement — alors que dire de son absence ?

Cette irritation nouvelle, cet agacement plus foncier, qui était en train de prendre naissance là devant la fenêtre tandis que j'attendais son coup de téléphone, était peut-être le signe que j'étais en train de me préparer à notre séparation et que je commençais insensiblement à m'y résoudre — à ceci près, et la nuance est de taille, qu'il se pouvait très bien que, si Marie m'agaçait ainsi « quand » elle n'était pas là, c'était peut-être tout simplement « parce que » elle n'était pas là. Il y avait aussi ceci d'étrange et de constant dans mon amour pour Marie, c'est que, dès que quelqu'un s'avisait de la critiquer, fût-ce moi-même, et en toute pertinence, avec les meilleures intentions du monde, je ne pouvais m'empêcher de voler immédiatement à son secours, comme dans certains couples, où celui qui défend bec et ongles son conjoint est pourtant le mieux placé pour connaître l'étendue de ses défauts. En fait, je n'avais pas besoin de détracteurs extérieurs pour penser tout le mal qu'il convenait de Marie, je me suffisais amplement. Je savais très bien que Marie était tuante. Je savais pertinemment, avec ses détracteurs, qui n'en savaient pas le quart, qu'elle était superficielle, légère, frivole et insouciante (et qu'elle ne fermait jamais les tiroirs), mais j'avais à peine effleuré mentalement cette litanie de qualificatifs dépréciatifs que je voyais aussitôt la face opposée de ces griefs, leur revers secret, dissimulé à la vue, comme la doublure précieuse et cachée aux regards d'une parure trop voyante. Car, si des éclairs de paillettes aveuglaient parfois le premier regard qu'on portait sur Marie, ce serait la méconnaître de la restreindre à cette écume de mondanités qui bouillonnait dans son sillage. Une vague plus consistante la portait dans la vie, intemporelle, inéluctable. Ce qui caractérisait Marie, et rien d'autre, c'était sa faculté d'être en adéquation avec le monde, c'était ces moments où elle se sentait envahie d'un sentiment de joie pure : des larmes, alors, de façon irrépressible, se mettaient à couler sur ses joues comme si elle se liquéfiait de ravissement. J'ignore si Marie était consciente qu'elle recelait ainsi au plus profond d'elle-même cette forme d'exaltation particulière, mais tout, dans son attitude, témoignait de son aptitude à pouvoir s'harmoniser intimement avec le monde. Car, de même qu'il existe un sentiment océanique, on pouvait parler, en ce qui concerne Marie, de *disposition océanique*. Marie avait ce don, cette capacité singulière, cette faculté miraculeuse, de parvenir, dans l'instant, à ne faire qu'un avec le monde, de connaître l'harmonie entre soi et l'univers, dans une dissolution absolue de sa propre conscience. Tout le reste de sa personnalité — Marie, femme d'affaires, Marie, chef d'entreprise, qui signait des contrats et faisait des transactions immobilières à Paris et en Chine, qui connaissait le cours du dollar au quotidien et suivait l'évolution des places boursières, Marie, créatrice de mode qui travaillait avec des dizaines d'assistants et de collaborateurs dans le monde entier, Marie, femme de son temps, active, débordée et urbaine, qui vivait dans des grands hôtels et traversait en coup de vent des halls d'aéroports en trench-coat mastic dont la ceinture pendouillait au sol en poussant devant elle deux ou trois chariots qui débordaient de bagages, valises, sacs, pochettes, cartons à dessins, rouleaux à photos, quand ce n'était pas — oh, mon Dieu, je m'en souviens encore — des cages à perruches (mais vides heureusement, car elle transportait rarement des animaux vivants, à part, accessoirement, un pur-sang — une paille — la dernière fois qu'elle était revenue de Tokyo) —, la caractérisait également, mais seulement superficiellement, l'englobait sans la définir, la cernait sans la saisir, et n'était finalement que vapeurs et embruns au regard de cette disposition foncière qui seule la caractérisait entièrement, la *disposition océanique*. Marie, toujours, trouvait intuitivement l'accord spontané avec les éléments naturels, avec la mer, dans laquelle elle se fondait avec délices, nue dans l'eau salée qui enrobait son corps, avec la terre, dont elle aimait le contact physique, primitif et grossier, sèche ou un peu gluante dans la paume de ses mains. Marie atteignait d'instinct la dimension cosmique de l'existence, même si elle semblait parfois dédaigner complètement sa dimension sociale, et elle se comportait avec la même simplicité naturelle avec toutes les personnes avec qui elle était en relation, ignorant l'âge et le protocole, la préséance et l'étiquette, et déployant, avec chacun, les mêmes gentillesses attentionnées, les mêmes grâces de finesse et de bienveillance, les charmes de son sourire et de sa silhouette, que ce soit un ambassadeur qui la recevait à dîner dans sa résidence en marge d'une exposition, la femme de ménage avec qui elle était devenue copine ou le dernier stagiaire engagé dans la maison de couture *Allons-y Allons-o*, ne voyant en chacun d'eux que l'être humain qu'ils étaient sans s'intéresser le moins du monde à leur rang, comme si, sous les atours de l'adulte qu'elle était devenue, et sa prestance d'artiste mondialement reconnue, c'était l'enfant qu'elle avait été qui subsistait, avec son fond inaltérable de bonté innocente. Il y avait pour elle comme une abstraction radicale, une abrasion, un décapage de la réalité sociale des choses, qui faisait qu'elle semblait toujours déambuler comme nue à la surface du monde, le « comme » étant même superflu avec elle, tant elle évoluait souvent vraiment nue dans la vie, à la maison ou dans les jardins de la propriété de l'île d'Elbe, au nez éberlué de créatures qui la suivaient des yeux avec ravissement, papillon qui avait trouvé son alter ego dans la nature ou petits poissons émoustillés qui frétillaient derrière elle dans la mer, quand je n'étais pas moi-même le témoin privilégié de son innocente lubie de se promener à poil à la moindre occasion, qui était comme sa signature, ou son chiffre secret, la preuve de son adéquation consubstantielle au monde, dans ce qu'il a de plus permanent et d'essentiel depuis des centaines de milliers d'années.

Comme nous revenions de l'île d'Elbe, c'était ces images ensoleillées de Marie qui me revenaient à présent à l'esprit devant la fenêtre : Marie à demi nue sous une vieille chemise bleue de son père dans la propriété de l'île d'Elbe. Je regardais cette rue grisâtre et pluvieuse de Paris devant moi, et c'était Marie qui s'activait irrésistiblement dans mon esprit, sans que je fasse le moindre effort de conscience délibéré. J'ignore si Marie savait combien elle était vivante à ce moment-là dans mes pensées, comme si, à côté de la Marie réelle qui devait avoir rejoint à présent l'appartement de la rue de La Vrillière où le taxi avait dû la déposer, se trouvait une autre Marie, libre, autonome, indépendante d'elle-même, qui n'existait que dans mon esprit, où je la laissais se mouvoir et s'animer dans mes pensées, tandis qu'elle se mettait à nager nue dans mes souvenirs ou à s'incarner dans les jardins de la propriété de son père. Je la revoyais alors dans le petit jardin de l'île d'Elbe, cette Marie dédoublée, ma Marie personnelle, vêtue d'un simple maillot de bain, qu'elle avait abaissé et roulé à la taille parce qu'elle avait trop chaud (ou même sans maillot de bain du tout, tu parles). Je m'approchais d'elle mentalement avec précaution, et je devinais sa silhouette dénudée à travers les branchages du petit jardin qui frémissaient de brise légère, la peau de ses épaules ocellée de miroitements de soleil, accroupie au pied d'une jarre, malaxant le terreau à pleines mains et tassant, égalisant la terre autour de jeunes pousses qu'elle venait de replanter et qu'elle arrosait en regardant le jet maigrelet qui coulait du tuyau avec une extrême attention, une sorte de fixité méditative qui semblait absorber toute sa personne. Je lui effleurais l'épaule en la rejoignant dans le jardin et je lui disais incidemment qu'à défaut de maillot de bain, elle pourrait peut-être mettre un chapeau — ça se fait, lui disais-je, quand on est à poil (et elle haussait les épaules, ne répondait même pas). Marie, qui, toujours, réussissait à me surprendre et à me désarçonner, Marie, imprévisible, qui, quelques semaines plus tôt, à l'île d'Elbe, avait volé un abricot à l'étalage d'un magasin de fruits et légumes de la vieille ville de Portoferraio, et qui avait gardé longuement le noyau dans sa bouche, qu'elle avait suçoté rêveusement au soleil, avant de me coincer soudain contre le mur d'un passage ombragé du port pour plaquer brusquement ses lèvres contre les miennes pour se débarrasser du noyau dans ma bouche.

Et je me rendais compte alors que j'étais en train de ressasser toujours les mêmes visions heureuses, que c'était toujours les mêmes images estivales de Marie qui me venaient en tête, comme filtrées dans mon esprit, épurées des éléments désagréables, et rendues plus attendrissantes encore par l'éloignement temporel qu'elles commençaient à prendre depuis mon retour. Mais tout véritable amour, me disais-je, et, plus largement, tout projet, toute entreprise, fût-ce l'éclosion d'une fleur, la maturation d'un arbre ou l'accomplissement d'une œuvre, n'ayant qu'un seul objet et pour unique dessein de persévérer dans son être, n'est-il pas toujours, nécessairement, un ressassement ? Et, quelques semaines plus tard, reprenant cette idée de l'amour comme ressassement ou continuelle reprise, j'aiguiserais encore un peu ma formulation, en demandant à Marie si l'amour, quand il durait, pouvait être autre chose qu'une resucée ?

Je ne sais combien de temps s'était écoulé depuis mon retour dans l'appartement, mais le jour commençait à tomber dans la rue des Filles-Saint-Thomas, et je n'avais toujours pas bougé de la fenêtre. La rue s'était quelque peu animée, quelques enseignes s'étaient allumées aux abords de la Bourse. Une des maisons, en face de moi, était en travaux. Au troisième étage, un appartement avait été entièrement désossé, la façade avait disparu et laissait les entrailles de l'immeuble à nu, comme après un ouragan ou un tremblement de terre. Trois ou quatre ouvriers casqués éclairés par des lampes de chantier allaient et venaient sur des bâches en plastique qui recouvraient le plancher de ce qui avait dû être un jour un salon. La scène avait quelque chose si ce n'est d'hallucinogène, de très peu parisien (ou je ne m'y connais pas), et semblait plutôt se dérouler dans une grande métropole asiatique, dans une lumière de néons et des éblouissements de fer à souder. Je regardais cet immeuble en construction éclairé en face de moi, et je repensais au voyage que nous avions fait au Japon avec Marie au début de l'année. C'est là que tout avait commencé, ou plutôt que tout s'était achevé pour nous, car c'est là que nous avions rompu, c'est là que nous nous étions aimés pour la dernière fois, dans la chambre d'un grand hôtel de Shinjuku. Nous étions partis ensemble au Japon, et nous étions rentrés séparément deux semaines plus tard, chacun pour soi, sans plus se parler, sans plus se donner aucun signe de vie. À mon retour à Paris, officialisant en quelque sorte notre rupture, je m'étais installé rue des Filles-Saint-Thomas, et nous nous étions à peine revus jusqu'à la fin de l'été, quand elle m'avait proposé de la rejoindre à l'île d'Elbe. Mais ce que Marie ignorait — et qu'elle ignore toujours — c'est que j'étais présent, moi aussi, le soir du vernissage de son exposition au *Contemporary Art Space* de Shinagawa.

Car il y a beaucoup de choses que Marie ignorait encore sur la fin de mon séjour au Japon. À mon retour à Tokyo — car je suis repassé à Tokyo après le bref passage que j'avais fait à Kyoto —, j'ai pris une chambre sans prévenir personne dans un petit hôtel de la chaîne Toibu, non loin de la station JR de Shinagawa. Je suis resté là trois ou quatre jours seul à Tokyo, désœuvré, passant la plupart de mes après-midi allongé sur le lit de cette chambre d'hôtel. Comme je n'avais pas réussi à joindre Marie au téléphone le soir de mon retour, les choses s'étaient nouées inextricablement pour moi, et je n'ai plus trouvé la force, ou l'énergie, de la rappeler par la suite dans la chambre déserte du grand hôtel de Shinjuku où elle devait attendre de mes nouvelles. Mais, comme je connaissais la date du vernissage de son exposition au *Contemporary Art Space* de Shinagawa, j'ai résolu de la retrouver là — sans la prévenir, pour lui faire la surprise en quelque sorte.

Le soir du vernissage, je me suis préparé dans la petite chambre d'hôtel de Shinagawa. Je me suis douché, je me suis rasé avec soin dans l'étroit cabinet de toilette. De la buée recouvrait le miroir, et je devinais à peine mon visage dans la brume. À mesure que je détachais des rectangles de mousse de mes joues, de mon cou, j'avais le sentiment de me retrouver peu à peu, de refaire surface après une longue absence, une parenthèse douloureuse de ma vie, sentiment encore renforcé par le fait que, la buée se dissipant peu à peu, mon visage réapparaissait progressivement dans le miroir, se recomposait par fragments, comme un puzzle qui s'assemblait sous mes yeux, libérant d'abord le regard — l'inquiétude du bleu-gris de mes yeux —, le nez, puis la bouche, les lèvres, le menton. Lorsque mon visage fut de nouveau complet, rasé et comme entièrement reconstitué, je me mis à l'examiner. Je regardais mes traits posément dans le miroir, curieux, attentif, essayant de guetter ce que je ressentais maintenant, à quelques heures de retrouver Marie après avoir disparu ainsi plusieurs jours à Tokyo sans la prévenir. Je ne sais pas — de l'inquiétude, cette anxiété diffuse qui ne me quittait pas depuis notre séparation.

J'enfilai mon grand manteau gris-noir et je quittai la chambre d'hôtel en début de soirée. Dehors, il faisait nuit, l'air était frais. L'atmosphère était très claire, pure, transparente. J'avais laissé derrière moi les lumières de la station de JR de Shinagawa, et je marchais le long d'un boulevard peu éclairé bordé d'un parapet qui avait des allures d'autoroute urbaine. Des voitures passaient à côté de moi à vive allure dans l'obscurité, et j'examinais entre mes doigts le plan sommaire que j'avais griffonné sur un papier, guettant le moment où je devrais tourner à gauche pour rejoindre le musée. C'est alors que j'aperçus au loin dans la pénombre la façade sombre du siège social d'une grande société japonaise et que je fis un étonnant lapsus visuel, en voyant apparaître devant moi dans la nuit SORRY, plutôt que SONY, en lettres de néon bleutées au fronton du bâtiment. Je passai devant l'étrange inscription murale silencieuse qui avait surgi dans la ville comme un aveu subliminal destiné à Marie, et, continuant de progresser ainsi perdu dans mes pensées, je me rendis compte que je m'étais avancé trop loin et je finis par revenir sur mes pas en approchant de Gotenda. Je ne sais combien de temps je tournai ainsi dans le quartier. Je m'étais égaré, l'inquiétude s'était emparée de moi, la peur de m'être perdu s'ajoutant à l'anxiété que j'éprouvais à la perspective de retrouver Marie.

Il régnait une grande animation lorsque je débouchai sur le parking de l'hôtel de luxe qui jouxtait le *Contemporary Art Space* de Shinagawa. Une multitude de taxis arrivaient et déchargeaient des clients qui se rendaient à l'exposition, repartaient dans la nuit dans un ballet ralenti de pinceaux de phares, tandis que d'autres taxis arrivaient, isolés, des reflets fluides ondulant sur le métal aux couleurs acidulées des portières. Des voitures officielles et quelques limousines étaient garées le long d'un bosquet, et des chauffeurs gantés attendaient en fumant une cigarette dans la pénombre. Un policier harnaché d'un gilet jaune autoréfléchissant réglait la circulation dans les contre-allées, guidait les voitures d'un mouvement ralenti de matraque luminescente le long de barrières disposées en épi. De toutes parts, des groupes d'invités s'attardaient sur le parking, en habits de soirée, une invitation à la main, comme avant un concert, devant un Opéra, avec ici et là quelques tenues plus excentriques, lunettes colorées et coiffures voyantes, écharpes fluorescentes et touches de rose flashy. Certains invités s'étaient déjà engagés dans l'allée, et je m'étais mis à suivre le mouvement, je descendais le chemin en direction du musée, la tête baissée, craignant le regard des autres invités, même si je ne connaissais personne et que personne ne semblait s'intéresser à moi. Des bribes de conversations en toutes langues parvenaient à mes oreilles, je captais des morceaux de phrases sorties de leur contexte, fragments incohérents, propos décousus (« *but it's exactly what I told him !* »), ou plaisants (« tu ne trouves pas, franchement, qu'il est un peu trop petit, mon chapeau »), télescopés, incompréhensibles (« *anata, jirojiro minai de kudasai* »), en anglais, en français, en japonais (la plupart des langues me laissaient indifférent, mais chaque fois que j'entendais parler français, je ressentais une brusque bouffée d'inquiétude, et j'accélérais le pas, ou je ralentissais, pour laisser le danger s'éloigner). L'allée, peu éclairée, continuait de s'enfoncer dans les sous-bois, on devinait les ombres effilées des arbres qui descendaient en pente douce vers un petit lac. À mesure que nous nous enfoncions dans le noir, le bruit des conversations s'atténuait, comme si l'obscurité invitait à baisser la voix, et c'est presque en chuchotant qu'étaient effectués les derniers mètres qui menaient au musée.

À l'approche du musée, par-delà le grand mur d'enceinte qui en protégeait l'accès, se faisait entendre le souffle d'une rumeur continue, un brouhaha puissant et ininterrompu, éclats de voix plus claires, rires, exclamations, où se mêlaient quelques notes tamisées de musique qui venaient de nulle part et allaient se perdre nonchalamment dans l'air froid de la nuit. Les deux battants du grand portail métallique de l'entrée étaient ouverts, et, d'un coup, alors, dans l'obscurité, apparaissait la silhouette illuminée du *Contemporary Art Space* de Shinagawa, qui tranchait par sa radicalité architecturale dans l'écrin de verdure enténébré qui l'abritait. Un couloir de lanternes traditionnelles posées à même le sol traçait un chemin de lumière dans le parc, une haie de petites flammes vivantes, ambrées et torsadées, qui guidait les invités vers le bâtiment principal. Une centaine de personnes se dirigeaient vers le musée dans un brouhaha continu, leurs dos en mouvement ondoyant dans les lueurs fauves des photophores. Un attroupement s'était formé devant l'entrée, et des jeunes hommes badgés en costume contrôlaient les cartons d'invitation, renvoyaient certains invités vers une table d'accueil, où des hôtesses, assises devant des petits cartels imprimés avec les mentions PRESS ou GUESTS, cochaient des noms sur d'épaisses listes à plusieurs feuillets, remettaient des enveloppes nominatives et des catalogues. À l'approche de l'entrée, je me désolidarisai souplement de la foule et je ralentis l'allure. Je rôdai un instant sur place, les mains dans les poches, indécis, la tête baissée. Je n'avais évidemment pas d'invitation, et je n'avais pas l'intention de me présenter pour me faire annoncer auprès de Marie. Je n'essayai même pas d'entrer, je jetai un simple coup d'œil furtif à l'intérieur du musée par-dessus la sorte de barrière invisible sur laquelle veillaient les deux jeunes hommes badgés. Je cherchai un instant Marie du regard dans l'animation du hall, et je craignais autant de l'apercevoir que de ne pas la trouver.

Le grand hall de marbre noir du musée grouillait de monde, des employés recueillaient les manteaux au vestiaire. Débarrassées de leurs manteaux, les femmes apparaissaient en robes du soir, les épaules nues, fragiles dans le froid qui les faisait un instant frissonner dans les courants d'air et s'enrober les bras du bout des doigts avant de se hâter vers les salles d'exposition. J'étais toujours dehors aux portes du musée, et je continuais d'observer distraitement l'intérieur, quand j'aperçus la cabine vitrée de la salle de contrôle dans un renfoncement du hall d'entrée. La porte était restée ouverte, et on devinait la silhouette d'un gardien dans la pénombre, assis dans la pièce devant une rangée d'écrans de contrôle. Les différents moniteurs diffusaient une mosaïque d'images silencieuses, pour la plupart statiques et fortement pixellisées, parfois instables, légèrement saccadées. La rangée supérieure de moniteurs se concentrait sur les environs du musée, aussi bien sur l'allée qui menait vers le lac, où l'on apercevait encore des invités qui descendaient le chemin dans les sous-bois, que sur le grand hall de marbre noir au seuil duquel je me trouvais. Sur l'autre rangée, tous les écrans diffusaient des images de l'intérieur du musée, mais on ne percevait aucun détail précis, seulement un grouillement continu de foule indifférenciée qui se pressait dans les salles d'exposition. Je m'approchai et me mis à passer les écrans en revue, je les scrutais les uns après les autres, détaillant leur surface avec soin, fouillant la trame électronique des moniteurs pour essayer de faire surgir la silhouette de Marie dans la foule — mais il n'y avait pas de trace de Marie sur les écrans. Où était-elle, Marie ? À quoi ressemblait-elle, Marie, ce soir ? Quelle était son expression ? Comment était-elle habillée ? Marie, sans visage. Marie, sans apparence. Marie, tellement absente ce soir.

Je sentais pourtant la présence invisible de Marie à quelques mètres de moi, très forte, puissante, attractive, je la sentais présente dans le musée, elle devait être là, physiquement, dans les salles d'exposition, de l'autre côté du hall auquel je n'avais pas accès, à m'attendre secrètement peut-être, à guetter mon arrivée, et je ne pouvais rien faire, je ne pouvais pas l'atteindre, je me trouvais arrêté par cette frontière symbolique, ce barrage virtuel que rien de rationnel, pourtant, n'aurait dû m'empêcher de franchir. Rien, si ce n'est, brûlante, l'anxiété qui ne me quittait pas.

C'est alors que le gardien qui me tournait le dos dans la salle de contrôle se retourna machinalement, son regard croisa le mien à travers la cloison semi-opaque qui nous séparait, un regard vide, distrait, mais je fus immédiatement persuadé qu'il m'avait reconnu, et même identifié, car il m'avait déjà vu dans ce grand manteau gris-noir que je portais quelques jours plus tôt, le soir où j'étais repassé au musée à mon retour de Kyoto, quand j'avais forcé le passage pour pénétrer de nuit dans le musée, un flacon d'acide chlorhydrique dissimulé dans la poche de ma veste. Il m'avait reconnu, j'en étais persuadé, et je fis immédiatement demi-tour, je m'échappai dans la nuit, je m'élançai à grands pas vers la sortie pour quitter le musée, les flammes des photophores vacillaient à mes pieds comme autant de fragiles petites fleurs tourmentées dans le vent. J'avais relevé le col de mon manteau et j'accélérais le pas dans l'allée sans me retourner, croisant encore quelques invités attardés qui arrivaient au vernissage, que je bousculais de l'épaule, zigzaguant, me frayant un passage, quand j'aperçus soudain les deux points rouges luminescents des caméras de surveillance au sommet du portail métallique — et je sus alors d'instinct que j'étais toujours dans l'image des écrans de contrôle, que l'alerte avait été donnée et que plusieurs gardiens avaient dû se réunir dans la salle de surveillance pour étudier ma progression dans le parc en suivant ma silhouette des yeux d'écran en écran. Je bifurquai alors, brusquement, pour sortir du champ des caméras, pour me défaire du filet d'ondes électroniques dans lequel j'étais empêtré. Je quittai l'allée et m'engageai à grands pas sur les pelouses, m'éloignai vers les confins du parc pour contourner le musée. L'arrière du musée était plongé dans le noir, il n'y avait plus de caméras de surveillance, il ne pouvait plus y en avoir, je n'apercevais plus aucun de ces points rouges laser témoins de leur présence. Des camions de traiteurs étaient garés dans la pénombre devant les portes de service des cuisines à l'arrière du bâtiment, et je me faufilai entre les véhicules, débouchai dans un îlot mal circonscrit protégé de barrières et de poubelles, rempli de caisses en plastique qui contenaient des verres neufs calibrés, des cartons de bouteilles entreposés en pile, des plateaux de cocktail en attente encore recouverts de films transparents. Je m'arrêtai, et je ne bougeai plus, je retins mon souffle et je prêtai l'oreille. Rien, pas un bruit, je ne percevais aucune animation derrière moi, pas un craquement dans le parc.

Je laissai s'écouler encore quelques instants et je me remis en route. J'évoluais lentement dans les ténèbres, j'avais ralenti l'allure pour éviter les obstacles, et je frôlais le mur de la main pour me guider et continuer à progresser. C'est alors que je fus attiré par un bruit, une rumeur plutôt, confuse, que je ne parvins d'abord pas très bien à localiser. Je levai la tête et j'aperçus de la lumière sur les toits, des reflets de clarté diffuse qui provenaient sans doute de l'intérieur du musée. J'examinai les environs et j'avisai la présence d'un escalier de secours qui montait en plein air le long de la façade, protégé par un garde-corps cylindrique ajouré. Je m'approchai sans bruit de l'escalier de secours et me mis à gravir les marches, prudemment, m'agrippant aux barreaux, dont je sentais le contact glacial sous mes paumes, prenant garde où je posais les pieds. Je sentais mes forces faiblir, mes jambes flageolaient sous moi, les pans de mon manteau entravaient mes genoux et gênaient ma progression sur l'échelle. Le froid devenait plus vif à mesure que je montais, un petit vent piquant me brûlait les joues. Je continuais à progresser le long de l'escalier de secours, quand le ciel de Tokyo m'apparut par-delà la ligne des toits, très pur, d'un noir transparent parsemé d'étoiles.

La toiture du *Contemporary Art Space* de Shinagawa s'étendait en silence devant moi dans l'obscurité, ornée d'une ligne piquetée de diodes électroluminescentes, qui soulignait l'architecture en forme d'aile aéronautique du bâtiment. Je marquai un temps d'arrêt et observai ce collier de lumières bleues — un bleu cosmique, crémeux, saturé de blanc — qui scintillaient faiblement dans la nuit, avec la douceur d'un rayonnement d'étoiles. Je gravis les dernières marches de l'escalier de secours, et, m'aidant de la main, posant un genou sur le chéneau, je me hissai prudemment sur le toit. Je fis quelques pas à croupetons sur la surface légèrement inclinée de la couverture d'aluminium, sans me redresser, gardant les deux mains au contact du sol, progressant ainsi courbé parmi des bouches d'aération qui exhalaient d'hésitants lambeaux de vapeurs dans la pénombre. J'apercevais les lumières de Tokyo de toutes parts autour de moi, tandis que le parc, en contrebas, semblait s'étendre dans un îlot de végétation aveugle qu'aucune lumière artificielle ne venait troubler. Je remarquai alors une ouverture sur le toit, un petit hublot qui laissait échapper une lueur blanche dans la nuit. Je progressai avec prudence vers la source de lumière, et, me penchant au-dessus du hublot, je découvris en contrebas une des salles d'exposition où avait lieu le vernissage de l'exposition de Marie.

Accroupi sur le toit, je me mis à chercher Marie des yeux dans la foule à travers le hublot, mais je ne la trouvais pas, je ne percevais qu'une masse indistincte de silhouettes incompréhensibles en dessous de moi. Je n'avais pas bougé, et je dressais l'oreille au moindre bruit qui se faisait entendre dans le parc. Chaque variation infime dans la permanence de la nuit, chaque modification bénigne dans son silence immense, à peine troublé par la rumeur assourdie des conversations dont je ne percevais que le murmure étouffé en contrebas, me faisait battre le cœur plus vite. Tout constituait pour moi une menace, les bruits évidemment, le craquement du vent dans les filins métalliques du toit, mais aussi les moindres déplacements de lumière que je surprenais dans l'obscurité, les pinceaux de phares que je voyais se déplacer dans la nuit et qui, plutôt que de s'éloigner à l'horizon, semblaient se diriger sur moi avec quelque chose d'inexorable. J'étais là, accroupi sur le toit, et je continuais de chercher Marie du regard à travers le hublot, impatient de la découvrir au plus vite, sachant que je ne devrais pas tarder à repartir, que je ne pourrais pas rester là indéfiniment. Le regard fixe, intense, tendu, je passais rapidement en revue les visages des femmes présentes au vernissage, j'écarquillais les yeux, je forçais la pupille. Parfois, un instant, je croyais apercevoir Marie dans la foule, persuadé que c'était elle, de dos, parmi un groupe d'invités, mais, quand elle se retournait, je devais me rendre à l'évidence en découvrant son visage, ce n'était pas Marie, c'était une inconnue, un leurre qui m'avait un instant abusé.

Personne ne pouvait se douter que je me trouvais en ce moment sur les toits, mais un des invités, brusquement, leva la tête et faillit me surprendre, ce qui m'obligea à me reculer vivement dans un geste réflexe. Je me tins quelques instants à distance de la source de lumière, avant de revenir prudemment vers le hublot, prenant garde d'offrir le moins de surface possible aux regards, comme si mon corps était une cible potentielle et chaque regard, en contrebas, une arme qui eût pu m'abattre. De temps à autre, dans la nuit, par-delà la ligne noire des sous-bois qui entouraient le musée, se faisait entendre le grondement lointain d'un train de la ligne Yamanote. Je n'avais toujours pas bougé. Le corps en retrait — seul le faisceau immatériel de mon regard plongeait dans la salle d'exposition —, je continuais de scruter la salle du musée vivement illuminée en contrebas. Ce n'était pas la première fois que je voyais cette salle d'exposition, je l'avais déjà connue dans le noir quelques jours plus tôt, inquiétante, ombrée, fantomatique, quand je m'étais introduit de nuit dans le musée à mon retour de Kyoto et que j'avais traversé l'exposition de Marie en coup de vent, un flacon d'acide chlorhydrique à la main.

Accroupi sur le toit, penché sur le hublot, j'essayais de reconnaître Marie dans cette foule lointaine qui évoluait en dessous de moi. Le bruit des conversations me parvenait étouffé par l'épaisseur du vitrage, et je m'interrogeais sur la nature de la réalité que j'avais sous les yeux. Je ne savais quelle valeur accorder à ce réel ankylosé qui m'apparaissait comme à travers un voile cotonneux, cette réalité ouatée qui avait quelque chose d'une projection en trois dimensions d'une scène issue d'un passé aboli, comme une de ces scènes engourdies qui aurait été engendrée par la machine de Morel dans la nouvelle de Bioy Casares, un monde proche et inatteignable, sur lequel je n'avais aucune prise, avec lequel je ne pouvais pas interagir, les personnages semblant évoluer non pas dans le présent mais dans un passé déjà révolu, dans des sortes de limbes — avant la naissance, après la mort. J'avais déjà éprouvé ce sentiment d'écartèlement pendant un rêve, ou une lecture, de me trouver à la fois ici physiquement, et là-bas en pensées, dans le souvenir ou la réactivation du passé, et parfois même dans un ailleurs imaginaire, non pas vécu et reconstitué, mais simplement inventé, dans un monde idéal, façonné à ma main, peuplé de chimères et parsemé de paysages mentaux éclairés par mes soins. Cette dispersion de soi, qui nous permet d'être à la fois et en même temps ici et là-bas, lorsque nous nous remémorons le passé, ne heurte pas le sens commun, tant qu'on se limite au domaine spatial. C'est quand on se promène dans le temps, et qu'on a la sensation d'être à la fois dans le présent et dans le passé — parce que les différents moments du temps ne sont plus hiérarchisés par le souvenir — que l'esprit peine à ajuster ses repères, parce que le temps, alors, n'est plus perçu comme la succession d'instants qu'il a toujours été, mais comme une superposition de présents simultanés. Et, observant l'animation de la salle d'exposition en dessous de moi à travers le hublot, je fus alors pris de vertige car je me rendis compte que le présent que j'avais sous les yeux avait toutes les apparences d'une scène issue du passé et que ce n'était que maintenant, dans l'avenir, que j'en prenais conscience. Ce n'était que maintenant, plus de sept mois plus tard, à Paris, debout à la fenêtre de ma chambre du petit deux-pièces de la rue des Filles-Saint-Thomas, que j'avais acquis le recul nécessaire pour appréhender toutes les composantes de la scène que j'étais en train de vivre. Mais où étais-je alors maintenant ? Car n'étais-je pas, moi aussi, comme ces particules quantiques dont il est impossible de dire exactement où elles se trouvent, et même si elles se trouvent simplement quelque part à un certain moment, n'étais-je pas à la fois au Japon et à Paris, à la fois à Tokyo sur le toit du *Contemporary Art Space* de Shinagawa à guetter la présence de Marie à travers ce hublot, et à Paris, au début du mois de septembre, debout à la fenêtre de ma chambre de la rue des Filles-Saint-Thomas à attendre le coup de téléphone de Marie à mon retour de l'île d'Elbe ? Où étais-je alors ? Où — si ce n'est dans les limbes de ma propre conscience, affranchi des contingences de l'espace et du temps, à invoquer encore et toujours la figure de Marie ?

Et c'est alors que je me rendis compte que c'était précisément cette nuit-là que Jean-Christophe de G. avait fait la connaissance de Marie au *Contemporary Art Space* de Shinagawa. J'avais donc forcément dû apercevoir Jean-Christophe de G. ce soir-là — même si je ne le connaissais pas encore à l'époque, même si je ne l'avais encore jamais vu et que j'ignorais à ce moment-là jusqu'à son existence —, mes yeux avaient certainement dû se poser sur lui à un moment ou à un autre de la soirée, ce qui signifie que j'étais — que j'allais être ou que j'avais été — le témoin visuel de leur rencontre.

En principe, Jean-Christophe de G. n'aurait pas dû se rendre au vernissage de l'exposition de Marie. Cela s'était décidé le soir même, à l'improviste, après le dîner, au sortir d'un restaurant de Ginza, où l'avait convié un de ses amis, Pierre Signorelli. Massif, imposant même, le corps et le visage mal assortis, un corps de pilier de rugby et le visage poupin et bouclé d'un page toscan — qui évoquait plutôt un portrait d'Antonello de Messine qu'un autoportrait de son homonyme Luca Signorelli —, Pierre Signorelli était un homme d'affaires français d'une quarantaine d'années qui vivait à Tokyo depuis plus de dix ans. Il avait sorti de la poche de son manteau le carton d'invitation négligemment croqué en deux de l'exposition du *Contemporary Art Space* de Shinagawa — un carton en élégant papier glacé simplement barré du titre de l'exposition : MAQUIS, qui apparaissait sur fond noir, faisant écho au sous-titre du défilé de Marie au *Spiral* : *Maquis d'automne,* où avait été présentée la robe en miel — et l'avait montré à Jean-Christophe de G. en lui proposant de l'accompagner au vernissage. Jean-Christophe de G., bien qu'il ne fût en rien familier du monde de la mode et de l'art contemporain (c'était la première fois qu'il entendait le nom de Marie, qui apparaissait sur le carton dans sa dénomination complète : Marie Madeleine Marguerite de Montalte), s'était laissé tenter par la proposition et ils avaient pris un taxi ensemble pour se rendre à Shinagawa. Tapotant distraitement contre sa cuisse le carton d'invitation que lui avait laissé Pierre Signorelli, Jean-Christophe de G. n'éprouvait aucune curiosité particulière pour cette exposition, mais la perspective de prolonger la soirée lors de sa première nuit à Tokyo l'enchantait. Il était arrivé au Japon le matin même, mais, compte tenu du décalage horaire, il n'avait pas sommeil. L'esprit aiguisé par le saké chaud qu'il avait bu au restaurant, une douce chaleur circulait dans son sang, qui se diffusait le long de ses veines et montait jusqu'à son cerveau, et il se sentait empli d'un délicieux bien-être sur la banquette arrière du taxi. Il regardait les rues de Ginza défiler par les vitres, l'air était noir et transparent et la vie lui semblait riche de promesses inépuisables. Il éprouvait une légèreté inhabituelle de se trouver ainsi à Tokyo au seuil de cette soirée, un détachement, une insouciance. Il se sentait conquérant ce soir, et il se déchaussa discrètement à l'arrière du taxi pour se frotter voluptueusement les pieds en chaussettes l'un contre l'autre.

Le taxi les avait déposés sur le parking du grand hôtel qui jouxtait le *Contemporary Art Space* de Shinagawa. Dès le premier coup d'œil, sortant souplement de la voiture dans les lumières tamisées du parking, Jean-Christophe de G. avait évalué l'importance de l'événement, il avait estimé la qualité des invités et apprécié le luxe des voitures garées dans la pénombre, les limousines noires aux ailes luisantes, parfois rehaussées d'un fanion qui témoignait de la présence d'un officiel. Pierre Signorelli boitillait dans son sillage, le souffle court, ahanant à ses côtés dans son lourd manteau en laine beige duveteuse (un manteau d'un volume considérable, qui avait dû nécessiter le sacrifice d'un troupeau de moutons ou d'une dizaine de chameaux). N'écoutant que d'une oreille distraite les explications que lui donnait Pierre Signorelli de sa voix sifflante d'asthmatique, Jean-Christophe de G. jetait autour de lui de petits regards perçants sur les personnes qui progressaient en même temps qu'eux vers le musée, et il continuait de jauger les invités de son œil bleu métallique, estimant l'élégance des femmes, soupesant la richesse des hommes, la valeur de leur patrimoine. Ils passèrent le portail et pénétrèrent dans le parc du musée, qui vibrait des lumières dorées tremblotantes des photophores. Jean-Christophe de G. n'avait pas encore mis un pied dans le musée qu'il avait déjà décidé mentalement, dans un défi secret lancé à lui-même, qu'il en ressortirait au bras de cette Marie, l'artiste qui exposait ce soir, et si ce n'était à son bras, en sa compagnie, qu'il l'emmènerait boire un dernier verre à Shinjuku et la raccompagnerait à son hôtel ou qu'ils finiraient la soirée ensemble dans son propre hôtel (tous les détails de la soirée n'étaient pas encore définitivement arrêtés, il restait encore quelques zones d'ombre, un léger vague qu'il était prêt à se pardonner, s'agissant d'une femme qu'il n'avait encore jamais vue, et dont, jusqu'à aujourd'hui, il n'avait encore jamais entendu parler). Il n'y avait pas de mépris dans la désinvolture de Jean-Christophe de G., simplement le goût de l'audace, du jeu, de l'aventure. Les affaires de Jean-Christophe de G. étaient prospères, sa confiance en soi sans limites. Il plaisait aux femmes, et il le savait. Ce n'était pas qu'il fût particulièrement beau, ce n'était pas la question, mais il était bien élevé, intelligent, riche, cultivé. Il savait se montrer tendre, son regard était ferme, ses mains douces. Son charme était irrésistible, c'était exactement le genre d'hommes dont Marie disait : « Je déteste ce genre de mecs. »

À peine entré dans le musée, Jean-Christophe de G. s'était débarrassé de Pierre Signorelli, qui était devenu très vite un poids mort superflu qui l'alourdissait dans ses visées. Il ne l'avait pas semé consciemment, non, il l'avait simplement laissé se dissoudre dans son sillage (à un moment, quand il s'était tourné, l'autre n'était plus là). Jean-Christophe de G. avait laissé son manteau au vestiaire, mais il avait gardé son écharpe, et il évoluait dans la foule en veste sombre et chemise blanche immaculée, son écharpe en laine et soie noire mélangées, moirée de reflets garance, tombant négligemment sur ses épaules. Il s'avançait lentement dans la foule, frôlant les étoffes et les épaules nues, croisant les yeux des femmes avec un regard un rien trop insistant. Tout occupé à ses pensées conquérantes, le voile d'une délicieuse ivresse lui enrobant les tempes, il avait traversé le hall et avait fait son entrée dans la première des grandes salles où se tenait l'exposition. Mais il n'avait pas regardé les œuvres, cela ne lui était même pas venu à l'idée. Il ne leur avait même pas jeté un coup d'œil, son inintérêt pour la question était total, sincère, irréprochable. Il entretenait avec l'art contemporain une de ces relations d'amateur d'art éclairé qui ne s'intéresse qu'à la valeur marchande des œuvres (leur prix, la fluctuation de leur cote), pour éventuellement les acquérir en se dispensant de devoir les regarder.

La salle, devant lui, bruissait d'une rumeur continue de brouhaha diffus. Demeurant sur le pas de la porte, retenu, en retrait, une main dans la poche, il avait jeté un regard circulaire, l'œil attentif et les sens aux aguets. D'instinct, il avait repéré Marie dans la foule, il avait deviné sa présence invisible derrière une sorte de frémissement localisé, un marais d'ébullition humaine qui faisait cercle autour d'une figure centrale, que dissimulait encore une dizaine de nuques et d'épaules en mouvement, vers laquelle convergeait un faisceau de désirs et de regards, visions éparses, fugitives, fragmentaires, de bras tendus et de catalogues d'expositions, de téléphones portables tenus à deux mains qu'on soulevait à hauteur de visage pour prendre une photo, le cercle ayant fini par s'entrouvrir, comme un drap qui glisse lentement le long de la pierre pour dévoiler la statue qu'on inaugure, et Marie lui était apparue pour la première fois, dans une robe bleu électrique en satin duchesse. Il n'avait pas été facile de l'approcher, mais, par étapes, tout en retenues calibrées et glissements d'épaules, par insinuations du bras pour se frayer un chemin dans la foule, il avait réussi à se mêler au dernier cercle étroit qui se pressait autour d'elle. Fort de son entregent, il avait capté son attention et lui avait adressé la parole en français, langue qui leur était commune. Il lui fut plus compliqué de parvenir à s'isoler un court instant en tête à tête avec elle, mais, dès qu'il y fut parvenu, s'étant procuré au vol deux coupes de champagne qui passaient à sa portée, il avait trinqué doucement avec elle, faisant tinter délicatement les coupes l'une contre l'autre comme si c'était deux épidermes hypersensibles que l'on mettait pour la première fois en contact, comme deux lèvres qui se rapprochent et s'effleurent, premier baiser encore purement symbolique. Jean-Christophe de G. était arrivé à ses fins. La seule chose qu'il ignorait, c'est que la jeune femme avec qui il venait de trinquer ainsi de manière aussi prometteuse n'était pas Marie (mais tout le monde peut se tromper).

Ce qui avait dû induire Jean-Christophe de G. en erreur, à mon avis, c'est que la jeune femme qu'il avait ainsi approchée parlait français elle aussi, et sans le moindre accent, et qu'elle s'appelait également Marie. Mais ce n'était pas Marie, c'était une autre Marie (c'est fou ce qu'il y a de Marie, en réalité). Comme cette Marie vivait à Tokyo et qu'elle connaissait tout le monde lors de ce vernissage, elle était une des femmes les plus entourées de la soirée. Le malentendu aurait pu être dissipé rapidement si Jean-Christophe de G. avait évoqué d'une manière ou d'une autre les œuvres exposées par Marie ce soir au *Contemporary Art Space* — mais il s'en gardait bien, n'ayant aucune connaissance du travail artistique de Marie — et, si Marie elle-même n'en parlait pas (et pour cause), Jean-Christophe de G. pensait que c'était simplement par pudeur, ce qui l'arrangeait bien, car ce n'était pas une question qu'il avait tellement envie d'aborder en ce moment. Il préférait parler de lui, des raisons de son voyage au Japon, faisant le cachotier, le modeste, le mystérieux, gardant un profil bas, passant sous silence le contenu de ses multiples activités. Il fit seulement savoir à Marie qu'il était à Tokyo pour quelques jours, comme propriétaire de chevaux de course, afin de voir courir un de ses pur-sang qui serait au départ de la *Tokyo Shimbun Hai* le dimanche suivant. Incidemment, lui effleurant le bras dans la conversation, il lui proposa de l'accompagner à l'hippodrome, et Marie, qui, c'est indéniable, n'était pas insensible à son charme et à la manière très déterminée avec laquelle il l'avait abordée, très directe, très volontaire, et en même temps adoucie par la délicatesse de ses manières et l'agrément de son sourire, avait accepté l'invitation avec plaisir, conquise par le mélange d'élégance et de fermeté qui se dégageait de sa personne (eh bien, on irait donc ensemble aux courses dimanche prochain, au *Tokyo Racecourse*).

Ayant ainsi réussi à couper cette autre Marie du reste de la soirée, Jean-Christophe de G. couvait sa prise comme une proie précieuse, déployant symboliquement ses épaules autour d'elle pour empêcher quiconque de l'approcher. Ils conversaient ainsi au cœur de la foule, riaient très près l'un de l'autre, les yeux dans les yeux, badinaient en s'effleurant les bras de la main pour ponctuer leurs phrases. Elle éclatait souvent de rire à ses impertinences et lui donna même un petit coup de poing appuyé de protestation sur l'épaule, en se pinçant les lèvres pour se donner de la force. Blotti contre elle dans la foule, parmi les rires et les exclamations polyglottes, Jean-

Christophe de G. se penchait à son oreille pour lui dire des galanteries. Il la faisait rire et lui racontait des anecdotes, et, alors qu'elle refusait de croire qu'il possédait sur lui, ce soir, un hippocampe (ce dont on pouvait en effet raisonnablement douter), il voulut lui faire la surprise mais exigea d'abord qu'elle détournât le regard, et, pour s'en assurer, il glissa une main sur ses yeux pour lui voiler la face, et, fouillant rapidement le fond de sa poche comme dans un tour de passe-passe, il lui présenta, sur le dos de sa main, l'hippocampe promis qui reposait au fond d'une boîte en velours sur un lit d'ouate cabossé, avec son allure piteuse et rabougrie de cavalier d'échecs rosâtre et desséché. Devant l'étonnement enchanté de Marie, dont les pupilles brillaient de reconnaissance (comme si c'était la première fois qu'elle voyait un hippocampe), Jean-Christophe de G. ne put réprimer un sourire de contentement modeste et lui expliqua en remballant le truc ratatiné dans sa ouate, que c'était un porte-bonheur pour la course de dimanche (eh bien, ça promet). Et, conscient alors que les astres, ce soir, lui étaient favorables, il respira profondément et leva les yeux à la recherche d'une ouverture qui lui permît de contempler le ciel de Tokyo, témoin de son triomphe, et, tombant sur l'unique hublot ménagé dans la toiture, il aperçut alors ma silhouette en manteau sombre sur le toit. Mon Dieu, qu'est-ce que c'est que ça ? pensa-t-il. Le mari ! Mais, s'attardant à peine — d'ailleurs, j'avais déjà disparu, il avait dû mal voir — il se perdit un instant dans la contemplation du ciel de Tokyo, qu'on devinait, limpide, dans l'arrondi parfait du hublot.

Pendant ce temps, Pierre Signorelli, qui, par affectation, n'avait pas laissé son manteau au vestiaire, déambulait majestueusement dans l'exposition, les mains derrière le dos, en cache-col et lourd manteau ceinturé, comme s'il faisait une tournée d'inspection dans une demeure privée, jetant à l'occasion un regard critique et mesuré sur les œuvres exposées sur les cimaises. Lorsque Jean-Christophe de G. le vit apparaître devant lui, émergeant de la foule, le front humide de transpiration, comme s'il sortait des eaux, alors qu'il lui était complètement sorti de l'esprit et qu'il avait oublié jusqu'à son existence, sa réapparition lui occasionna un indéniable déplaisir, un voile de contrariété assombrit son regard. Pierre Signorelli, de sa démarche lente et satisfaite, vint se joindre à eux. Il alla faire la bise à Marie, la prit délicatement par la taille, ce qui sidéra Jean-Christophe de G. Mais, s'efforçant de faire bonne figure, il demanda simplement à Marie, un peu piqué au vif, par quel hasard elle connaissait Pierre Signorelli. Marie éluda, dans un sourire plein de mystère, et dit que c'était bien naturel, quand on habitait dans la même ville. Jean-Christophe de G. n'en crut pas ses oreilles (parce que Marie habitait elle aussi à Tokyo ?). Il n'insista pas. L'arrivée de Pierre Signorelli avait refroidi ses ardeurs et il ne disait plus rien, c'est Pierre Signorelli qui faisait la conversation, mais, comme il ne disait rien non plus, il n'y avait plus de conversation. Le silence devint très vite pesant, une gêne s'établit entre eux. On se souriait avec embarras, on regardait autour de soi. Pierre Signorelli, immobile, le front parsemé de fines gouttelettes de sueur, qui luisaient sur sa peau comme une rosée, transpirait lourdement dans son épais manteau, mais il s'imposait cette souffrance par coquetterie, devant se savoir secrètement en beauté dans cet épais manteau qui avait dû lui coûter un bras. Vous en pensez quoi, vous, de cette expo ? finit-il par leur demander. Il y eut comme un accroissement, un emballement, de la gêne, une lueur d'affolement passa dans le regard de Jean-Christophe de G. C'est pas terrible terrible, hein, dit-il, et il se tut, il n'ajouta rien. Il releva la tête vers eux et les regarda, en attendant une confirmation. Jean-Christophe de G. était extraordinairement gêné — il rougit même — et, sans hésiter, se devant de réagir, il se crut obligé de voler au secours de Marie. Ça va sûrement très bien marcher, lui dit-il à voix basse, en exerçant une pression sur son avant-bras, comme dans un geste de condoléances.

Marie, surprise, eut un petit geste de recul, et elle leva les yeux vers Jean-Christophe de G. avec un regard étonné et désapprobateur, comme s'il venait de proférer, plus encore qu'une incongruité, une grossièreté (que cela « marche » ou non n'était vraiment pas la question). Et, comme elle n'avait pas encore exprimé elle-même d'avis sur l'exposition, remettant en place une mèche de cheveux dans un geste gracieux, elle commença à expliquer que les œuvres exposées ce soir étaient, si ce n'est commerciales (je mets le mot entre guillemets, dit-elle, en grattant rapidement l'air avec deux doigts pour joindre le geste à la parole), un peu faciles, un peu, disons, putassières (et l'adjectif fit tiquer Jean-Christophe de G.), qu'en gros, c'était toujours le même vieux fond de sauce, et que c'était quand même très — très — superficiel. Jean-Christophe de G. la regardait, incrédule, ne sachant plus très bien sur quel pied danser, et il se rendait compte, à la faveur de cet incident fâcheux — la survenue de Pierre Signorelli —, que Marie venait en quelques instants de se métamorphoser sous ses yeux. Jusqu'à présent, elle était restée une créature largement fictive pour lui, simple projection d'une femme fantasmée qui évoluait passivement dans son esprit tandis qu'il lui faisait la cour. Elle n'avait jamais réellement interagi avec ses discours, n'ayant rien apporté de personnel à leur échange, si ce n'est sa disponibilité, son acquiescement et ses merveilleux sourires. Et voilà qu'il se rendait compte à présent qu'elle était vivante, qu'elle avait une personnalité, une opinion, un goût, et qu'il se trouvait confronté, non pas à la jeune femme insouciante et séduisante à laquelle il pensait avoir affaire, mais à une artiste fragile et torturée, peut-être dépressive sous ses dehors insouciants, en tout cas encline à l'autodénigrement. C'est quand même pas fameux fameux, hein, renchérit Pierre Signorelli. Non, c'est vrai, dit Marie, pensive, après un temps de réflexion. Jean-Christophe de G. les regarda à tour de rôle.

Marie, alors, pour nuancer un peu la sévérité de son premier jugement, concéda qu'il y avait quand même quelques belles choses (deux ou trois choses à sauver, d'après elle), et Jean-Christophe de G. se raccrocha immédiatement à cette dernière remarque comme à une bouée de sauvetage pour abonder dans son sens (sans préciser lesquelles, naturellement). Ils se mirent alors en mouvement dans la salle d'exposition. Ils se déplaçaient de quelques mètres, nonchalamment, au hasard de la salle, passaient devant les œuvres, s'arrêtaient un instant. Pierre Signorelli regardait une photo avec une sorte de réticence butée en jouant avec la ceinture de son manteau, qu'il faisait tourner paresseusement en boucle devant lui. Il souleva le bras pour leur désigner la photo en levant les yeux au ciel pour les prendre à témoin, mais il n'ajouta rien, se contentant de soupirer. Puis de secouer la tête lentement, négativement. Jean-Christophe de G. demeurait sur ses gardes à côté de Marie, il guettait ses réactions, inquiet — elle était tellement imprévisible —, et il finit par lui demander à voix basse, avec beaucoup de respect, sur un ton qui témoignait simplement d'une curiosité mondaine bienveillante, où la photo avait été prise. Je ne sais pas, dit Marie, évasive, avec un imperceptible haussement d'épaules devant l'inanité de la question. Aucune idée. Elle continuait d'observer la photo, sans lui adresser un regard. Il la regarda (elle était complètement névrosée, oui, cela se confirmait). Mais Jean-Christophe de G. ne se découragea pas. Essayez de vous en souvenir, voyons, Marie, insista-t-il, avec beaucoup de doigté, en lui prenant le bras. Mais, je n'en sais rien, où cette photo a été prise, lui dit-elle en se dégageant avec humeur (adressez-vous à elle, si ça vous intéresse, et elle se retourna pour lui indiquer Marie au loin dans la salle d'exposition). Et, alors seulement, tout s'éclaira pour Jean-Christophe de G., qui comprit la situation d'un coup, le quiproquo dans lequel il s'était enlisé depuis le début de la soirée. Un puissant sentiment de honte l'envahit, il se sentit mortifié. La seule chose, dans son dépit, qui le réconfortait, c'est que personne d'autre que lui ne s'était rendu compte de sa méprise. Mais, comme la perspective d'avoir échappé à un grand danger nous fait perdre tous nos moyens dès qu'on découvre la réalité du péril auquel on vient d'échapper, Jean-Christophe de G., qui avait surfé jusque-là avec autant d'innocence que d'adresse sur la crête du malentendu, se sentit soudain déséquilibré et vulnérable, au bord de l'effondrement, sur le point de gaffer pour de bon quand il reprendrait la parole. Et il ne dit plus rien, il éprouva soudain une grande lassitude et eut envie de quitter les lieux. Il demeurait là en silence, égaré à côté de Marie, douloureux et pensif, jetant des regards éperdus au loin en direction de la sortie, comme s'il cherchait un prétexte pour laisser tout le monde en plan et s'éclipser du musée, ou même, si cela avait été possible, disparaître tout à fait de ce récit, retourner au néant, dont il semblait n'avoir été extrait qu'un instant pour faire éclore à ses dépens un ruban de vie éphémère, aérien, torsadé, vain et momentané.

Pendant longtemps, ce soir-là, quand j'étais arrivé sur les toits, je n'avais pas réussi à apercevoir Marie à travers le hublot. Pendant une minute, deux peut-être — une éternité —, je n'avais pas réussi à la repérer dans la foule. Je l'avais cherchée intensément du regard, affolé de ce que je venais de faire, d'avoir eu cette impulsion irrésistible d'emprunter l'escalier de secours pour accéder aux toits. Et je me trouvais toujours là, caché dans l'ombre, à observer la salle d'exposition à travers le hublot. Une main en équilibre sur le revêtement d'aluminium, je plongeais mon regard dans la salle d'exposition à la recherche de Marie. Au début, je ne pensais rester là qu'un instant, dix secondes, vingt secondes peut-être, le temps de l'apercevoir et de redescendre, mais je ne parvenais pas à trouver Marie dans la foule qui se pressait en contrebas et je m'impatientais, je craignais d'être repéré sur les toits par les gardiens du musée qui étaient peut-être toujours à ma recherche. À un moment, derrière moi, dans la nuit, j'entendis un bruit de déplacement sur les toits, et je me retournai brusquement, mais ce n'était que le vent qui faisait grincer les filins métalliques.

Je n'avais relevé la tête qu'un instant, mais lorsque je me penchai de nouveau au-dessus du hublot, la salle d'exposition, que j'avais perçue jusqu'à maintenant comme un espace abstrait hanté par une foule irréelle, m'apparut sous un jour plus familier et je reconnus en dessous de moi une foule habituelle de vernissage, avec plusieurs dizaines de personnes vivantes qui se pressaient autour des œuvres dans un brouhaha permanent de rires et de conversations. Et, si la scène m'apparut avec autant de netteté, si elle s'imposa alors à moi avec un effet de réel aussi saisissant, c'est que Marie était là. Marie était là, je l'avais sous les yeux maintenant, je l'apercevais dans la foule, et il émanait d'elle quelque chose de lumineux, une grâce, une élégance, une évidence. Elle portait un chemisier blanc à col lavallière, et elle ne disait rien, mais sans rien dire, sans rien faire, sans bouger, sans un mot, sans un battement de cil, elle saturait l'espace de sa présence immobile, pas précisément froide, mais distante, lointaine, non concernée, comme égarée dans cette exposition qui ne semblait pas être la sienne, et qui paraissait supporter, avec quelque chose de résigné et de foncièrement mélancolique, les frivolités de ces soirées de vernissage, la superficialité des conversations, toute cette écume frissonnante qui ne l'éclaboussait même pas, qui ne l'atteignait pas, comme si sa peau était blindée, son enveloppe cuirassée, et que son âme était simplement étrangère à la médiocrité, étanche à toute forme de vulgarité.

Je regardais Marie avec émotion dans la salle d'exposition, je regardais sa silhouette émouvante à travers le hublot, et j'entrouvris les lèvres, je murmurai doucement son nom dans la nuit, mais aucun son ne sortit de ma bouche, seulement une légère buée, une haleine hésitante que je vis stagner un instant devant moi, un petit nuage de vapeur flottant qui venait de dire « Marie » que je vis se dissiper lentement sous mes yeux dans l'air glacé de la nuit. Alors, remuant de nouveau doucement les lèvres en regardant Marie en contrebas, je lui dis que je l'aimais — je le dis à genoux. Je t'aime, Marie, lui dis-je, mais aucun son ne sortit de ma bouche, je ne m'entendis même pas le dire, peut-être n'avais-je pas ouvert la bouche, peut-être l'avais-je seulement pensé — mais je l'avais pensé.

Dès que j'avais aperçu Marie, l'inquiétude qui me tenaillait depuis plusieurs jours avait disparu instantanément. Marie ne disait pas un mot, elle semblait seule dans la salle d'exposition, elle recevait le bruissement des compliments avec indifférence, les yeux dans le vague, entourée d'une cour bigarrée d'admirateurs et d'officiels, et je perçus chez elle une fragilité, une douleur, une faille, secrète, souterraine, peut-être liée à la situation de rupture dans laquelle nous nous trouvions de façon irréparable depuis quelques jours. Je ne quittais pas Marie des yeux à travers le hublot, et, au bout d'un moment, à force de l'observer avec attention, je me rendis compte que je pouvais lire sur ses lèvres, au début de simples énoncés sommaires, ponctuations naturelles qui ne faisaient qu'accompagner une situation évidente à interpréter, comme quand je la voyais saluer quelqu'un et que je voyais se former « bonjour » sur ses lèvres ou que je parvenais à déchiffrer, dans le mouvement comme engourdi et ralenti de sa bouche, un muet « *nice to meet you* » qu'elle prononçait lassement, inclinant la tête avec une cordialité retenue, ou tendant une main réticente à l'adresse d'une personnalité qui lui était présentée. Je retenais ma respiration dans la nuit sur le toit du musée et je continuais de la regarder à travers le hublot. Accroupi dans l'ombre, je ne pouvais détacher mes yeux de sa bouche. Avec une appréhension croissante, le cœur serré, je fixais les mouvements de ses lèvres et je craignais, en l'observant ainsi à son insu, de surprendre soudain quelque révélation bouleversante, un secret, une information privée qui se fût rapportée à notre amour ou aux circonstances douloureuses de notre rupture, mais la seule phrase que je pus lire ce soir-là sur ses lèvres, la seule phrase complète et intelligible que je surpris durant les deux ou trois minutes pendant lesquelles j'étais resté sur le toit à l'observer ainsi à travers le hublot (avant de quitter les lieux, de redescendre du toit et de rentrer à l'hôtel), l'unique phrase, en somme, que Marie avait dite ce soir-là en ma présence, avec la franchise enjouée et souveraine qui la caractérise, dans une sorte d'élan spontané qui me fit retrouver, d'un coup, comme par magie, l'essence même de sa personnalité, ce fut : « Moi, quand je suis déprimée, je me fais un œuf à la coque. »

II

À notre retour de l'île d'Elbe après le grand incendie de la fin de l'été, Marie ne me donna quasiment plus aucune nouvelle pendant deux mois — et je finis par quitter la fenêtre, où j'avais attendu en vain son coup de téléphone. Ce n'est que deux mois plus tard que je reçus enfin un coup de téléphone de Marie. C'était fin octobre, en début de soirée, je venais de finir de dîner seul dans la cuisine du petit deux-pièces de la rue des Filles-Saint-Thomas. Lorsque je décrochai, j'entendis la voix de Marie dans le téléphone, qui dit simplement « allô » et elle marqua un temps d'arrêt, ne parla pas tout de suite — j'entendais sa respiration, son silence —, Marie, irrésolue, hésitante, qui ne disait rien et finit par me demander si nous pouvions nous voir. J'aimerais te voir, me dit-elle d'une voix douce, j'ai quelque chose à te dire, et elle me fixa rendez-vous une heure plus tard dans un café de la place Saint-Sulpice.

Après avoir raccroché, je demeurai encore un long moment à la fenêtre, ému, désorienté, intrigué par les rares paroles prononcées par Marie. Je réfléchissais au peu qu'elle m'avait dit, ce peu qui contenait pourtant l'énigmatique « j'ai quelque chose à te dire », d'autant plus déroutant qu'elle ne disait pas quoi. Ce vide qu'elle avait laissé dans la conversation — ce manque, cette absence — laissait place à toutes les hypothèses, de la plus banale à la plus tragique (une mort évidemment, puisque, chaque fois que Marie m'avait téléphoné à l'improviste ces derniers temps, c'était pour m'annoncer la mort de quelqu'un, son père, deux étés plus tôt, et Jean-Christophe de G., en juin dernier), et permettait toutes les conjectures, sans que rien permît d'en étayer aucune.

En débouchant dans la nuit des escaliers du métro Saint-Sulpice, je pris la direction du café où Marie m'avait donné rendez-vous. Paris était très calme ce soir. La plupart des magasins étaient fermés, on devinait quelques vitrines dans la pénombre. Un taxi isolé passait de temps à autre sous la pluie dans la rue du Vieux-Colombier. Il n'était pas très tard, un peu plus de neuf heures et demie, mais il n'y avait presque personne dans les rues. La place Saint-Sulpice était déserte, la façade de l'église silencieuse, drapée dans les majestueuses bâches grises qui recouvraient ses immémoriaux échafaudages. Il régnait une ambiance automnale ce soir sur la ville, les branches dénudées des platanes se tordaient sous les rafales de vent, quelques feuilles mortes s'éloignaient mollement sur la chaussée, tandis que d'autres, tordues, aplaties, jonchaient le sol de la place entre les bancs vides. Le café où nous avions rendez-vous était pratiquement le seul bâtiment éclairé de la place. On apercevait ses lumières dorées à travers les vitres de la terrasse couverte, qui avait des allures de passerelle de navire échoué dans la nuit.

Lorsque j'entrai dans le café, Marie n'était pas encore là, j'étais très en avance. Nous n'étions que quatre ou cinq clients disséminés dans le café. Les vitres étaient embuées, et il y avait de multiples traces de pas mouillées sur le sol. J'observais la place déserte devant moi à travers la baie vitrée, et, chaque fois qu'un bus illuminé s'arrêtait devant le café, je ne pouvais m'empêcher de chercher

Marie du regard, j'observais les gens qui descendaient et se dispersaient dans les rues avoisinantes, et puis je voyais le bus repartir et s'éloigner lentement sous la pluie, vers la Seine ou vers les Invalides.

Lorsque je vis un taxi, une Mercedes blanche, se garer lentement devant le café, je sus immédiatement que Marie se trouvait à l'intérieur. Je cherchai vainement à distinguer son visage à travers les vitres sombres de la voiture tandis qu'elle payait la course au chauffeur mais je n'y arrivais pas, et je ne la reconnus pas immédiatement lorsque la portière s'ouvrit, j'eus même un instant de doute lorsque je la vis sortir du taxi. J'avais évidemment reconnu sa silhouette, je savais que c'était elle, mais elle n'avait rien de ses flamboyances habituelles, de son échevellement ou de ses extravagances, c'était une Marie profil bas qui arrivait, comme une version atténuée d'elle-même. Elle poussa la porte vitrée du café, me chercha du regard et me sourit timidement à distance quand elle m'aperçut dans la salle. Elle vint me rejoindre, me fit la bise sans ôter le moindre des innombrables vêtements qui l'emmaillotaient de la tête aux pieds, puis, lentement, elle commença à se défaire de son écharpe et ôta ses gants, retira son bonnet à pompon qu'elle égoutta des deux ou trois gouttelettes de pluie qui l'avaient brumisé quand elle était descendue du taxi. Elle ne retira pas son long manteau sombre, laissant la ceinture pendouiller sur le sol, et prit place à côté de moi sur une chaise en osier, face à la fenêtre qui donnait sur la place Saint-Sulpice. Elle me sourit de nouveau et frissonna, s'entoura un instant les bras avec les mains pour se réchauffer. Sous son manteau, qu'elle avait simplement entrouvert, se devinaient encore de nombreuses strates de multiples lainages et elle portait un ample pantalon noir, avec des petites bottines en cuir à lacets. Cela ne faisait que deux mois que je ne l'avais pas vue, mais je la trouvais changée. Peut-être parce que mes sentiments à son égard avaient évolué depuis l'été, je l'observais maintenant d'une façon plus neutre, je la détaillais avec un regard plus pénétrant, moins immédiatement conquis. Elle semblait fatiguée. Elle n'était pas maquillée, elle n'avait plus ce hâle d'été qui donnait à sa peau une merveilleuse carnation abricot. Son bronzage avait disparu et avait laissé place à un teint pâle et à une mine éteinte. Ses yeux étaient petits, ternes, endoloris, comme fragilisés par les clartés trop vives du café. Il me semblait même, oserais-je le dire — mais non, je n'en dis rien naturellement, je n'allais pas commencer par une telle insinuation assassine —, qu'elle avait légèrement grossi, ou plutôt, pour atténuer la rigueur de l'affront, de l'outrage, de la lèse-majesté, que son visage, ce soir, avait quelque chose de celui que je lui connaissais au réveil, quand elle émergeait lentement d'une longue nuit, son doux visage ensommeillé, encore tiède, avec les joues légèrement empâtées et les pommettes onctueusement bouffies, ce qui la rendait peut-être moins jolie mais plus attendrissante.

À la voir ainsi fatiguée ce soir, les traits tirés, comme fanée sur sa chaise en osier, il était difficile d'imaginer que c'était elle qui m'avait donné rendez-vous. On aurait plutôt imaginé que c'était moi qui, par quelque coup de téléphone impromptu, l'avais obligée à sortir de chez elle à l'improviste, tirée du lit ou forcée de mauvaise grâce à quitter le grand canapé du salon de la rue de La Vrillière, où elle devait se prélasser en feuilletant quelque magazine de mode, recroquevillée en chaussettes et vieux tee-shirt informe, un châle sur les genoux, et que, surprise par mon coup de téléphone, elle avait dû interrompre à contrecœur sa soirée pour venir me retrouver, passer rapidement des chaussures et enfiler le premier manteau venu par-dessus les vêtements amples et confortables qu'elle portait quand je l'avais dérangée. Manifestement, elle n'avait fait aucun effort pour se préparer en vue du rendez-vous qu'elle m'avait donné. Elle s'était à peine recoiffée avant de sortir, et il était probable qu'en fin d'après-midi, elle ignorait encore que nous nous verrions ce soir. Un des serveurs se présenta à notre table. Je commandai une nouvelle bière et Marie hésita, elle hésita longtemps, le visage levé vers le serveur, sur le point de répondre mais différant sans cesse sa décision. Vous avez des tisanes ? finit-elle par demander. Le garçon acquiesça et énuméra les saveurs disponibles — camomille, tilleul, menthe, verveine — et Marie lui demanda si elles étaient fraîches. Non, dit le serveur, ce sont des sachets. Je vais prendre de l'eau, dit Marie, un quart Vittel. Evian, dit le garçon. Evian, dit Marie, avec quelques chips, si c'est possible, ajouta-t-elle tandis que le serveur s'éloignait.

La discussion avec le serveur avait un peu réveillé Marie, comme un premier ébrouement, un rapide échauffement, on voyait qu'elle commençait à reprendre du poil de la bête et elle se redressa un peu sur sa chaise. Lorsque le serveur revint avec les consommations, disposant les verres sur le guéridon et déposant une coupelle de chips sur la table, le regard de Marie se posa pensivement sur les chips, et, pour la première fois, alors, depuis son arrivée, je vis passer dans ses yeux quelque chose qui s'apparentait à de la tendresse. Elle attaqua les chips, distraitement, et les finit toutes en moins de deux. Elle en redemanda au serveur, et le serveur n'était pas encore reparti que Marie lui demanda s'il était possible d'avoir également quelques olives. Et, quand le serveur revint déposer les deux coupelles de chips et d'olives sur notre guéridon, Marie, qui, jusque-là, m'avait paru encore un peu en deçà d'elle-même, encore un peu alanguie, un peu émoussée, retrouva toutes ses facultés. Marie redevint Marie, et nous sortit le grand jeu. Remerciant le serveur pour les olives, elle le retint par le bras et lui demanda avec beaucoup de grâce et de naïveté charmante, dans un sourire désarmant, complice, irrésistible, qui semblait dire qu'elle était consciente qu'elle exagérait peut-être un peu, mais qu'on ne se refait pas, s'il ne serait pas possible d'en avoir plutôt des noires, des olives noires.

Marie prit son verre sur le guéridon et but une gorgée d'eau, très petite, du bout des lèvres, avec réticence, pensive. Elle leva les yeux vers moi, sembla vouloir dire quelque chose mais se tut, se remit à réfléchir, profondément absorbée dans ses pensées. Elle but une deuxième gorgée d'eau, toujours aussi lentement, en regardant fixement la place Saint-Sulpice dehors sous la pluie et me dit que Maurizio était mort, le gardien de la propriété de son père à l'île d'Elbe, son fils l'avait appelée ce soir pour la prévenir.

Elle se tourna vers moi et me regarda avec gravité, longuement, ajoutant que ce serait bien que nous allions à l'enterrement. Elle avait dit « nous », que « nous » allions à l'enterrement. Je la regardai, et elle ne dit plus rien, elle se remit à regarder la pluie tomber dehors sur la place Saint-Sulpice. C'était donc encore une fois pour m'apprendre la mort de quelqu'un que Marie m'avait appelé (en somme, elle ne faisait appel à moi qu'en cas de décès). Pourtant, j'étais touché, malgré tout, et même ému de constater qu'à chaque moment important de sa vie, quand quelque chose de grave lui arrivait, c'était toujours vers moi qu'elle se tournait. J'aurais sans doute été encore plus agacé d'apprendre qu'elle avait assisté aux obsèques de Maurizio à l'île d'Elbe sans m'avoir prévenu.

Marie continuait de regarder en silence la place Saint-Sulpice, et je m'absentai un instant pour me rendre aux toilettes. Lorsque je revins m'asseoir, Marie avait disparu. Je marquai un temps d'arrêt à la hauteur du comptoir, Marie n'était plus là, notre table était vide, avec les restes de consommations, la bière que j'avais commandée et son verre d'Evian. Son absence était là, patente, visible, évidente. Je la cherchai des yeux, j'inspectai les alentours du regard. Peut-être avait-elle changé de table, peut-être s'était-elle levée pour aller prendre un journal sur le comptoir. Je regardais les autres tables, mais elle n'était pas là, je ne la trouvais nulle part. Je jetai un rapide regard au patron et aux deux serveurs derrière le bar qui ne semblaient rien avoir remarqué de particulier, mais je ne leur demandai rien, mon regard se posa à nouveau sur notre table abandonnée, où les verres et les coupelles vides témoignaient de l'absence de Marie.

Et c'est alors que je la vis, je l'aperçus à travers les vitres du café, elle était assise dehors sur une banquette en osier, le dos collé à la vitrine, qui fumait une cigarette dans la nuit, immobile dans le vent et la pluie. Elle était là, dehors, au seuil de la place Saint-Sulpice illuminée dans la nuit, qu'elle observait fixement, sa cigarette à la main, le bras légèrement relevé, le poignet désaxé, de la fumée s'élevait très lentement dans les airs en volutes hésitantes, et j'apercevais le bout rouge incandescent de l'extrémité de sa cigarette qui s'intensifiait à chaque fois qu'elle tirait une bouffée. Je voyais sa chevelure de dos, ses cheveux emmêlés dans le vent et la pluie qui tombait sans discontinuer devant elle. Des gouttelettes, à l'occasion, éclaboussaient son visage, et son long manteau était trempé, ainsi que son écharpe qu'elle avait remise pour sortir. Il n'y avait personne dans le quartier ce soir-là, la pluie avait retenu les gens chez eux, il n'y avait que nous sur la place Saint-Sulpice, moi dans cette espèce de passerelle de navire vitrée qui donnait sur l'horizon enténébré, et elle dehors, en figure de proue, devant l'océan invisible.

La place Saint-Sulpice ondoyait sous les clartés des réverbères, et quelques points de lumière isolés brillaient ici et là au large dans la nuit. Au centre de la place, l'eau tombait en cascade le long des bassins à débordement de la fontaine Visconti, l'eau transparente, mobile, tourbillonnante, éclairée par des faisceaux de projecteurs blancs, qui dégringolait des vasques et bouillonnait dans le dernier bassin dans lequel la pluie continuait de tomber, mêlant l'eau à l'eau, tandis que les silhouettes imposantes des tours de Saint-Sulpice dressaient leurs profils mordorés en surplomb de la place. Je regardais Marie devant moi, j'apercevais fugitivement ses traits quand elle esquissait un mouvement, elle continuait de regarder fixement devant elle, une cigarette à la main, silhouette de dos en manteau sous la pluie, Marie, océanique, qui semblait exhaler des vapeurs de spleen qui allaient se dissiper dans la nuit au gré des effluves de la fumée de sa cigarette. Je regardais la silhouette de Marie de dos à travers la vitre du café — elle était déchirante, cette nuit, sous la pluie —, et je compris alors, à ce moment-là, j'en eus la certitude, en un éclair, que ce n'était pas ça, la chose qu'elle avait à me dire — la mort de Maurizio et sa proposition de l'accompagner à l'île d'Elbe pour l'enterrement —, mais que ce qu'elle avait à me dire, elle ne me l'avait pas encore dit et qu'elle ne me le dirait pas ce soir, mais seulement quelques jours plus tard à l'île d'Elbe. Et quand, plus tard, je repenserais à cet instant, il se vérifierait que je ne m'étais pas trompé.

Marie se chargea de toutes les formalités pour le voyage à l'île d'Elbe. Elle vint me chercher en taxi le surlendemain matin. Le taxi s'arrêta en bas de l'immeuble de la rue des Filles-Saint-Thomas vers cinq heures et demie du matin (Marie avait réservé le premier vol pour Pise, qui décollait à 6 heures 55). Il faisait froid et pluvieux à Paris, et nous ne disions rien dans le taxi. Marie portait un manteau de demi-saison en laine claire, crème ou ivoire, que je ne lui avais jamais vu. Elle somnolait dans la pénombre du taxi, les bras croisés, emmitouflée dans son manteau. Elle bâillait de temps à autre, fermait les yeux complètement puis en rouvrait un à demi et me souriait, les paupières lourdes, prêtes à se refermer. À Roissy, dans l'aéroport déjà animé malgré l'heure matinale, nous avalâmes rapidement un café dans un gobelet debout au comptoir d'un restaurant express après avoir enregistré la valise de Marie (une seule valise — un exploit —, mais extrêmement volumineuse, et ingénieusement dotée de compartiments et d'annexes, de sous-divisions et de poches additionnelles, comme un de ces sacs à dos de campeur plein à craquer, d'où dépasse un piolet et pendouille une casserole). Puis, passé les contrôles de sécurité, nous rejoignîmes l'avion par un corridor vitré qui donnait sur les pistes enténébrées de Roissy.

Il faisait encore nuit lorsque l'avion atterrit à Pise, on devinait les lumières de l'aérogare à travers le hublot. L'avion roulait au ralenti sur la piste de l'aéroport Galileo Galilei pour rejoindre son aire de stationnement. Il était 8 heures 35, heure locale, et la température extérieure était de 6° C. Nous ne nous attardâmes pas à l'aéroport, nous contentant de récupérer la valise de Marie pour rejoindre la gare. Consultant les horaires des trains sur un grand panneau d'affichage, nous achetâmes deux billets pour Piombino et montâmes dans un train en partance, qui se mit presque immédiatement en route. Un jour pluvieux se levait sur la Toscane. On apercevait la mer, mauvaise, au loin, grise et parsemée de petites entailles d'écume blanche, qui moussaient au large comme de vivantes cicatrices frémissantes. Des paysages humides et tristes défilaient par la vitre, des gares aux ocres dilués, des champs bruineux, et, çà et là, une maison isolée au sommet d'une colline, une ligne de pins qui se découpaient dans la brume. L'automne ne semblait pas encore avoir effleuré les feuillages qui demeuraient encore verts, sans aucun de ces jaunes, de ces roux, de ces dorés, qu'on trouve plus au nord de l'Europe. Nous somnolions l'un à côté de l'autre dans le train, comme si nous étions en léger décalage horaire du simple fait d'avoir dû nous lever aussi tôt ce matin. Juste avant d'arriver à Piombino, comme le train ralentissait à l'approche de la gare, on traversa un complexe sidérurgique protégé par des clôtures grillagées, où de longues cheminées industrielles crachaient des fumées dans le ciel, sur fond de Méditerranée morne et grisâtre.

La petite gare de Piombino Marittima se trouvait en bout de ligne, une sorte de cul-de-sac ferroviaire qui aboutissait dans l'enceinte même du port. Nous descendîmes sur le quai, et rejoignîmes l'esplanade de la gare maritime par les escaliers intérieurs. Il n'y avait pratiquement pas d'animation dans la gare maritime, quelques camions garés en file indienne dont les chauffeurs attendaient au pied de leur cabine, des voitures particulières de familles italiennes qui rejoignaient l'île d'Elbe pour la Toussaint. Nous prîmes la direction d'un bâtiment vitré qui indiquait *Agencia Marittima* et achetâmes des tickets de passage pour la traversée, avant d'aller attendre le bateau sur les quais. Le ciel était très sombre, la mer mauvaise, houleuse, qu'on apercevait au loin. De temps à autre, une vaguelette débordait des bassins de mouillage et éclaboussait nos chaussures. Nous étions là, la valise de Marie à nos pieds, côte à côte à l'extrémité de cette esplanade, à regarder les deux grands navires à quai qui se dressaient immobiles devant nous, celui bleu azur de la Mobyline, avec les immenses lettres MOBY peintes sur la coque, et celui, plus vétuste, de la Toremar, que nous allions prendre, dont les cheminées fumaient déjà à l'approche du départ. Nous regardions les derniers préparatifs de l'embarquement, les barrières métalliques que des employés déplaçaient pour laisser les véhicules monter à bord, quand Marie me prit doucement la main sous la pluie. Elle ne m'avait pas regardé, elle avait simplement soulevé la main à côté d'elle et avait pris la mienne avec naturel, et ce geste si tendre qui m'emplit d'apaisement, ce geste si inattendu, me parut aussi surprenant que si les deux navires que nous avions sous les yeux, abandonnant un instant la froideur impassible avec laquelle ils cohabitaient dans le port, s'étaient soudain rapprochés dans un geste de tendresse. Je sentis la main de Marie humide contre ma paume, et je savourai aussitôt physiquement, comme à titre exclusivement privé, la pertinence de cette loi physique universelle qui veut que deux corps qui entrent en contact ont tendance à égaliser leur température.

La mer était mauvaise ce matin, et le navire commença à tanguer dès la sortie du port. Le pont arrière était désert, balayé de pluie et d'embruns, les bancs de croisière abandonnés dans le vent. J'étais accoudé au parapet et je regardais la mer, lourde, ondulante, que le ferry fendait sous la pluie. La traversée dura moins d'une heure. Bientôt, on commença à apercevoir au loin les côtes de l'île d'Elbe. L'atmosphère était brouillée de pluie, on distinguait à peine les contours des rivages boisés qui se perdaient dans un brouillard humide. Cette image d'arrivée en bateau à l'île d'Elbe m'était pourtant familière, mais je ne l'avais jamais vécue qu'en été, par mer calme, dans la merveilleuse lumière rose et liquide du matin. Aujourd'hui, on faisait à peine la différence entre le ciel et la mer, la côte paraissait sauvage, avec des nappes de brume qui s'accrochaient aux aspérités du relief. Je regardais la ligne régulière des collines à l'horizon, et je me rendis compte alors — je ne l'avais pas tout de suite remarqué tant la fumée se confondait avec les nuages —, qu'une colonne de fumée s'élevait au-dessus de l'île d'Elbe.

À mesure que nous approchions des côtes, on ne pouvait plus en douter, c'était bien de la fumée qu'on apercevait au loin, comme si l'île d'Elbe était en feu. C'était tellement saisissant que, même si c'était sans doute impossible, cela me parut être le même feu que l'été dernier, le même feu de forêt qui finissait de se consumer, et qui brûlait toujours, qui nous poursuivait, qui attendait notre retour. Nous avions quitté l'île d'Elbe en feu à la fin de l'été et nous la retrouvions en feu deux mois plus tard. L'odeur, bientôt, imperceptible, nous parvint au large, une odeur diffuse, délayée dans l'air marin, qui n'était pas vraiment une odeur de feu, de feu de forêt, mais une simple odeur de brûlé, plus âcre, plus caoutchouteuse, qui flottait dans l'atmosphère et allait s'éparpiller dans le vent et les embruns.

La colonne de fumée était maintenant clairement visible à l'horizon, nous la distinguions très bien depuis le bateau. Elle était assez étroite à la base et montait en s'élargissant dans le ciel, où elle allait se mêler à des formations de nuages noirs et bleus, amas boursoufflés de cumulonimbus cotonneux que le vent déplaçait lentement. J'essayais de déterminer où la colonne de fumée prenait sa source, de quel endroit le feu provenait exactement, et je me rendis compte que ce n'était sans doute pas de la ville elle-même, mais d'une localité légèrement plus à l'est de la baie. À l'approche du promontoire rocheux qui marquait l'entrée de Portoferraio, les machines du bateau baissèrent de régime et le navire poursuivit sur sa lancée pour accoster lentement le long des quais.

Marie avait prévenu la famille de Maurizio de notre arrivée ce matin, et un de ses fils devait venir nous accueillir à la descente du bateau pour nous conduire à la Rivercina. Maurizio avait deux fils, Francesco, l'aîné, qui travaillait aux impôts, et Giuseppe, le plus jeune, que je connaissais à peine, j'avais dû l'apercevoir une ou deux fois sans jamais lui adresser la parole. Nous quittâmes le navire par les soutes, nous ne savions pas qui viendrait nous accueillir et nous regardions vaguement autour de nous sur les quais. Marie avait pris d'instinct la direction du petit édifice des bureaux de la capitainerie, où son père avait l'habitude de nous attendre quand il venait nous chercher, et on vit qu'un pick-up attendait là dans la grisaille, un gros pick-up noir aux ailes luisantes et rebondies, le moteur en marche, les phares allumés sous la pluie.

Giuseppe, le plus jeune des fils de Maurizio, descendit du pick-up, silhouette entièrement noire, peut-être en raison du deuil, mais cela pouvait aussi bien être ses vêtements habituels, chemise de soie noire, fin blouson noir en similicuir, lunettes noires, type Ray-Ban, qu'il ôta en arrivant à notre hauteur, le visage fermé et le regard droit, sans un mot, sans sourire. Deux touches dorées faisaient encore ressortir le noir de la tenue, l'alliance en or, épaisse, visible à l'annulaire, et une gourmette lourde, en or ou plaqué or, avec son nom, *Giuseppe*, gravé en lettres cursives alambiquées. Il émanait de lui quelque chose de déplaisant et d'antipathique, il était à l'image de sa voiture, comme certains propriétaires de chiens qui font toujours l'acquisition de sales bêtes à leur image. Marie l'enlaça, le prit par l'épaule et lui fit ses condoléances, passa rapidement la main dans ses cheveux dans un geste affectueux et brouillon.

È la vita, dit-il, sans conviction, d'un air un peu las, ennuyé, et il s'avança vers moi, hésita un instant à se laisser également enlacer, mais je n'en avais nullement l'intention, et je me contentai de lui tendre la main à distance. Il me serra la main, avec résolution, une poigne ferme, volontaire, sans sourire. Je lui dis un mot aimable en italien sur son père, je dis que je l'appréciais et que tout le monde l'aimait à la Rivercina, et, m'écoutant en hochant la tête, triturant les clés de sa voiture, il dit la même phrase « *è la vita* » sur le même ton ennuyé, comme s'il l'avait déjà dite cent fois dans la journée et la dirait encore cent fois.

Giuseppe avisa la grosse valise de Marie, la souleva, en une fois, comme si elle pesait trois ou quatre kilos alors qu'elle devait en peser une trentaine, et se dirigea vers l'arrière du pick-up, dont le plateau de chargement était recouvert d'un fin couvercle en aluminium qui le maintenait hermétiquement clos. Il ouvrit le coffre avec ses clés, fit un peu de ménage pour caser la valise, repoussa des pots de peinture neufs, des bacs en plastique, des rouleaux, souleva une vieille couverture écossaise qui laissa entrevoir deux bidons d'essence, qu'il recouvrit aussitôt, remettant bien la couverture en place, et souleva la valise pour la glisser dans le coffre. Nous prîmes place dans le pick-up et il démarra lentement pour quitter le port, Marie s'était assise entre nous, serrée à côté de moi sur l'unique siège passager. Giuseppe avait remis ses lunettes noires et il conduisait en silence. Marie faisait la conversation, elle prenait des nouvelles de la famille de Maurizio, et il répondait laconiquement, précisément, sans fioritures inutiles, de son air un peu las, ennuyé. Puis, profitant d'un silence, je lui demandai l'origine de cette fumée noire qu'on avait aperçue du bateau. Sans bouger la tête, regardant droit devant lui, il dit que c'était la fabrique Monte Capanne qui avait brûlé cette nuit. *La cioccolateria ?* dit Marie. *Si, la cioccolateria*, dit-il.

La chocolaterie Monte Capanne se trouvait à quatre ou cinq kilomètres de Portoferraio, non loin du hameau de Schiopparello, sur le site de l'ancienne biscuiterie Prati. Marie s'y arrêtait parfois, l'été, sur la route de la Rivercina pour acheter quelques tablettes de chocolat artisanal, un petit comptoir de vente aux particuliers était ouvert pendant la saison touristique à côté des ateliers. Il m'était arrivé d'accompagner Marie dans la boutique, et, tandis qu'elle faisait son choix parmi les dernières saveurs en vogue de la gamme, poivre rose, basilic ou gingembre, chaque tablette soigneusement enrobée du rituel papier d'étain et glissée dans une enveloppe transparente ornée du monogramme MC, je l'attendais en jetant un coup d'œil sur les ateliers à travers la fenêtre témoin aménagée dans l'espace de vente, décoré de panneaux illustrés qui évoquaient les différentes étapes de la fabrication du chocolat. Le chocolat était encore fabriqué à l'ancienne dans cette entreprise familiale de l'île d'Elbe, avec de vieux modèles de concasseurs à impact pour faire éclater les fèves et d'antiques tambours rotatifs pour torréfier le cacao concassé. Les grains étaient ensuite écrasés entre des grilles de calibrage et des marteaux activés par des cylindres en rotation. La petite dizaine de personnes qui travaillaient là étaient vêtues de blouses blanches et portaient des charlottes transparentes sur la tête. Sous l'effet de la chaleur, la matière grasse suintait dans les cuves, exsudait et se liquéfiait, sirupeuse, et on obtenait une liqueur de cacao quasiment liquide et odoriférante, qui était mélangée dans les ateliers aux autres matières premières entrant dans la fabrication du chocolat, le beurre de cacao, le sucre, la vanille et les produits laitiers, selon le type de chocolat souhaité.

Le feu s'était déclaré vers quatre heures du matin dans la chocolaterie. Il avait pris d'abord dans les magasins qui servaient d'entrepôts, où étaient stockés les réserves, les sacs de sucre et de cacao, et, de là, il s'était propagé au corps principal de l'usine, aux ateliers de fabrication et aux bureaux. Une quarantaine de pompiers et pas moins de six camions, venus de Portoferraio, mais aussi d'autres casernes de l'île, s'étaient rendus sur les lieux et l'incendie n'avait pu être stabilisé que vers huit heures du matin. À l'heure actuelle, il n'était même pas encore complètement maîtrisé. Lorsque Giuseppe était passé, une demi-heure plus tôt, pour venir nous accueillir sur le port, une vingtaine d'hommes se trouvait encore sur place pour sécuriser les lieux. Dès que nous passâmes le rond-point de la cimenterie à la sortie de Portoferraio, l'odeur de feu, que nous avions perçue pour la première fois ce matin en pleine mer, nous assaillit de nouveau, cette odeur de brûlé, qui pénétrait maintenant jusqu'à l'intérieur du pick-up malgré les vitres fermées, et que nous ne pouvions pas ignorer, qui saturait l'espace, qui était omniprésente. Mais cette odeur de brûlé, au départ indifférenciée, que j'avais simplement constatée sans pouvoir vraiment la définir, commença à se préciser dans mon esprit depuis que j'avais appris que c'était une usine de chocolat qui avait brûlé, et mon cerveau, aidé par cet indice, parvint à en prendre la mesure et à la reconstituer, à l'affiner, à la cerner complètement, je commençai même à lui trouver des nuances plus douces, presque sucrées, pour faire naître dans mon imagination une vraie odeur de chocolat subjective et veloutée.

L'atmosphère s'obscurcissait devant nous à mesure que nous roulions, et la route devenait sombre, comme si nous roulions vers la nuit, vers le couchant, et non pas simplement vers l'est. Des vestiges de fumée stagnaient encore en suspension sur la route et allaient se mêler au brouillard pluvieux qu'on apercevait à travers le large pare-brise mouillé du pick-up sur lequel allaient et venaient les essuie-glaces. Quelques kilomètres plus loin, la circulation était ralentie, un barrage filtrant avait été constitué, des policiers faisaient la circulation, aidés par des motards de la police de la route vêtus de cuir et lourdement casqués de blanc, on apercevait leurs puissantes motos garées sur le bas-côté. Giuseppe s'était rangé dans la file de voitures et suivait le mouvement, au ralenti, les deux mains sur le volant, puis, pris d'une subite impulsion, il donna un brusque coup de volant à gauche et engagea vigoureusement le pick-up au milieu de la chaussée pour tourner à la hauteur de la chocolaterie. Immédiatement, plusieurs carabiniers accoururent à sa hauteur, et il descendit la vitre. Il échangea quelques mots à la fenêtre avec eux, rapidement, sèchement, je ne comprenais pas très bien ce qu'il disait, et un des carabiniers lui fit signe d'avancer, lui ouvrit le passage, et il franchit les grilles de l'usine, engagea puissamment le pick-up dans l'allée de gravier en accélérant pour dégager ses roues des ornières de boue où elles s'enlisaient.

Il alla garer le pick-up devant les ruines du bâtiment, à côté d'un véhicule de police et de quelques camions de pompiers. Il descendit, sans un mot, sans une explication supplémentaire, et nous le suivîmes, hésitant, pataugeant dans la boue, des dizaines de mètres de lances à incendie entremêlées étaient encore déployées à l'abandon sur le sol. Derrière la porte inexistante et les vitres éclatées du petit comptoir de vente que nous connaissions, on devinait des murs noircis et des effondrements de pierres. Il y avait là une quinzaine de personnes en uniforme, des pompiers, des carabiniers, par petits groupes, épars, des techniciens de l'identification criminelle avec leurs curieuses tenues aseptisées, combinaisons blanches et masques antiseptiques, qui, dans d'autres circonstances, auraient pu les faire confondre avec des employés de la chocolaterie. Partout, à la surface de l'esplanade inondée par les hectolitres d'eau déversés par les lances à incendie, flottaient, ou surnageaient, renversés, entassés, des chaises en plastique, des carcasses de métal, des débris calcinés. L'odeur, ici, ne présentait plus aucune nuance subtile, elle était simplement oppressante, irrespirable. De la fumée blanchâtre s'échappait encore à jet continu du bâtiment principal au toit effondré, tandis que des fumerolles, ici et là, continuaient de s'élever lentement de plusieurs amas de débris métalliques. Deux ou trois carabiniers avaient établi un vague cordon de sécurité et interdisaient l'accès des bâtiments qui n'étaient pas encore stabilisés. Nous fîmes quelques pas, nous attardâmes un instant aux portes des ateliers. Les murs avaient disparu, il ne subsistait plus que l'armature métallique et les poutres porteuses calcinées de la structure du bâtiment, et là, dans l'ombre du hangar désolé qu'on avait sous les yeux, se dressaient, spectrales, trois cuves de chocolat en inox de près de quatre mètres de haut, dont les parois cylindriques avaient bien résisté au feu, gardant leur teinte d'origine, luisantes, aux reflets argentés, où s'étaient comme fossilisées les longues traces brunâtres des flammes qui les avaient léchées. Tout le reste avait été réduit en cendres et s'entassait pêle-mêle sur le sol sous forme de gravats carbonisés, ligne de production à la renverse, ruines d'une vieille doseuse de chocolat Carle & Montanari à la dérive dans les décombres.

Nous ne demeurâmes là qu'un instant, mais tout le temps que nous restâmes sur les lieux de l'incendie, j'avais été intrigué par le manège de Giuseppe, qui ne semblait pas errer comme nous, dépaysés, dans les ruines de l'usine, mais paraissait connaître parfaitement les lieux et se diriger sans hésiter, je l'avais même vu entrer dans une remise épargnée par le feu, disparaître un instant et en ressortir, les mains affairées, comme s'il rangeait rapidement quelque chose sous son blouson. Je marchais avec Marie parmi des monticules fumants, et je me retournais discrètement de temps à autre pour observer Giuseppe à la dérobée, le trouvant toujours en grande conversation avec un policier, toujours le même, en civil (avec un brassard orange autour de la manche de son blouson), qu'il suivait en franchissant des barrages de carabiniers, passant avec lui dans des zones interdites, et se penchant sur le sol pour étudier des relevés avec les techniciens de l'identification criminelle. Lorsque nous allâmes le rejoindre, il ne dit pas un mot, ne sourit pas, ne nous donna aucune explication, ne fit aucun commentaire. Il regagna le pick-up, et nous remontâmes dans la voiture, nous nous remîmes en route. En partant, il fit un bref signe de la main au policier, et redescendit le chemin lacéré d'ornières et de traces de pneus dans la boue.

Nous avions repris le chemin de la Rivercina. Giuseppe avait ôté ses lunettes noires qu'il avait posées sur la boîte à gants, et il conduisait en silence, perdu dans ses pensées. Il tourna la tête vers Marie, et il nous regarda un instant tous les deux à la dérobée, nous ne formions sans doute pour lui qu'une seule entité, un seul être bicéphale bizarrement imbriqué à ses côtés sur le siège passager. Il nous regarda de cet air ennuyé, buté, que le deuil lui donnait, ou qu'il avait toujours, et que le deuil, simplement, renforçait, légitimait, et, nous ayant ainsi jaugés, il nous dit que ce n'était pas un accident. Comme nous ne réagissions pas, nous lançant un nouveau bref regard furtif, l'œil luisant — de défi et de satisfaction mauvaise —, il ajouta que c'était un incendie criminel, que la police avait relevé des traces d'effraction sur les portes des magasins, que les serrures avaient été forcées. Il nous dit ça de son air ennuyé, comme à contrecœur, sans nous regarder, sans pouvoir dissimuler toutefois une sombre satisfaction ténébreuse, le plaisir malsain qu'il y a de pouvoir annoncer de mauvaises nouvelles quand les circonstances s'y prêtent — et elles ne s'y prêtaient que trop rarement à son goût manifestement —, de remuer des choses pénibles, de se complaire dans le drame et le ressentiment. Marie le regardait attentivement, assise à côté de moi sur le siège passager, presque sur mes genoux, en déséquilibre sur le siège, en amazone pour ainsi dire. Il continuait à parler et elle le regardait avec une immobilité qui s'était imperceptiblement renforcée, une immobilité plus soutenue, plus tendue, une raideur de son corps que je sentais à présent accrue contre ma cuisse, elle s'était comme écartée instinctivement de sa personne pour se rapprocher de moi, et elle l'écoutait froidement — le regard fixe, réprobateur —, sans être sûre de vouloir comprendre ce qu'il disait, ce qu'il essayait d'insinuer. Peut-être qu'en raison de l'obstacle de la langue, nous ne comprenions pas toutes les finesses de son discours, peut-être dramatisions-nous des paroles anodines, peut-être surinterprétionsnous ce qu'il n'avait pas dit, ou à peine, dans son italien allusif et vénéneux. Ce qu'il sous-entendait, en tout cas, c'est que les Scaglione, la famille propriétaire de la chocolaterie Monte Capanne, avaient cru pouvoir se passer de protections.

Arrivés en vue de la Rivercina, Giuseppe, redevenu taiseux, ralentit à l'embranchement pour prendre le petit chemin privé qui menait à la propriété. Lorsque nous passâmes devant la maison de Maurizio, dont les volets étaient fermés, Marie se pencha à la vitre pour observer la bâtisse avec une expression de tendresse voilée et de douleur compatissante et voulut s'arrêter un instant pour aller embrasser Antonina, la femme de Maurizio, mais Giuseppe, sans tenir compte de sa requête, sans même ralentir, accélérant plutôt, faisant jouer les quatre roues motrices dans la boue du chemin, dit que sa mère était fatiguée et ne pouvait pas recevoir, que Marie la verrait l'après-midi à l'enterrement. Cela avait été dit de façon tranchée — et c'était sans réplique. Marie le regarda, du même regard fixe et réprobateur, mais elle ne lutta pas, elle comprit qu'elle n'obtiendrait rien de lui qu'il n'aurait décidé lui-même. Et ce qu'il avait décidé, c'était de nous déposer au plus vite à la Rivercina et de repartir aussitôt, il avait apparemment encore à faire avant l'enterrement. Au bout du chemin, on débouchait sur une sorte de terre-plein, où se dressait un appentis où la vieille voiture du père de Marie passait l'hiver parmi du matériel agricole à l'abandon. La route s'arrêtait là, et Giuseppe nous déposa en haut des escaliers, il n'alla pas plus loin, il donna le trousseau de clés de la Rivercina à Marie, avec la grande clé dorée de la maison. Nous descendîmes du pick-up, Giuseppe descendit avec nous pour nous aider à reprendre la valise. Quand il ouvrit le coffre, j'aperçus de nouveau la vieille couverture écossaise sur le plateau de chargement, et je savais très bien, pour les avoir aperçus en chargeant la valise de Marie, qu'il y avait là deux bidons d'essence sous cette couverture. J'avais même remarqué que Giuseppe les avait aussitôt recouverts de la couverture quand ils étaient apparus à l'air libre (comme pour les dissimuler, avais-je même pensé fugitivement). Et, même si je n'avais aperçu ces bidons que quelques secondes, je me souvenais très bien de leur aspect, deux bidons d'essence rouges de cinq litres en polyéthylène renforcé avec un bouchon visseur noir, dont j'avais simplement pensé alors qu'ils devaient servir à Giuseppe pour des travaux d'entretien, ou comme réserve pour sa voiture, ou peut-être comme carburant pour son bateau — mais qui, à la réflexion, avaient tout aussi bien pu servir pour mettre le feu à une usine.

Giuseppe était reparti aussitôt. Il était remonté dans son pick-up et nous avait abandonnés sans un mot supplémentaire. Nous prîmes le chemin de la maison. En apercevant la silhouette de la maison sous la pluie au fond de l'allée boisée, je fus frappé de constater combien elle présentait un aspect complètement différent de celui que nous lui connaissions à la fin de l'été, comme si le changement de saison avait eu lieu ici de façon radicale, sans aucune de ces minuscules transitions invisibles qui font passer d'ordinaire d'une saison à une autre. Marie ouvrit la porte avec la grande clé dorée du trousseau, et poussa le battant, qui frotta contre le sol en grinçant. Il n'y avait pas un bruit dans le vestibule, pas la moindre lumière. Nous progressions dans l'obscurité, entrâmes dans le salon et découvrîmes un entassement de meubles de jardin qui avaient été rentrés dans la maison pour l'hiver. La grande table noire en fer forgé de la terrasse trônait au centre de la pièce, avec les lourdes chaises ajourées empilées les unes sur les autres. Des parasols fermés étaient appuyés contre le mur, des transats reposaient à la verticale contre les étagères de la bibliothèque. Tous les volets étaient fermés dans la pièce. Cela sentait le renfermé et la poussière humide. Marie se baissa pour allumer une petite lampe verte, posée à même le sol, et, dans le halo de cette lampe mal branchée, qui clignota à deux ou trois reprises avant de se stabiliser, nous vîmes émerger les meubles d'origine de la maison, les fauteuils à accoudoirs, le canapé, le bureau en chêne du père de Marie, qui apparurent dans la pénombre verdâtre recouverts de grands draps blancs et de grosses couvertures grises pelucheuses. Je me frayai un chemin parmi le dédale de meubles et entrai dans la chambre que j'avais occupée au rez-de-chaussée l'été dernier. La porte résista, ne s'ouvrit pas entièrement, bloquée par d'autres meubles de jardin et un vieux barbecue qui avaient été stockés là. Dans la chambre, le lit n'était pas fait, le sommier était nu, avec des traversins torsadés et déformés qui reposaient contre le mur. Je me glissai jusqu'à la fenêtre, et essayai d'ouvrir le volet, de le pousser, pour faire de la lumière, pour aérer la pièce, mais le volet résistait, et je me rendis compte, en ressortant de la maison et faisant le tour du bâtiment, qu'il avait été condamné pour l'hiver, cloué par une planche qui barrait la fenêtre et qu'il était impossible de l'ouvrir.

Marie n'avait pas bougé, elle était restée à la porte du salon et elle fixait cet entassement de meubles sans comprendre, les mains enfoncées dans les poches de son manteau, muette, accablée, comme si elle venait de découvrir une inondation ou un effondrement du plafond. Je lui proposai d'enlever au moins les housses pour y voir plus clair dans la pièce. Elle se laissa guider, somnambulique, m'aida à retirer les grands draps blancs qui recouvraient les meubles. Puis, nous sortîmes quelques transats sur la terrasse, déménageâmes les parasols. Nous allions et venions dans la pièce pour redonner une allure plus habitable à la maison. J'étais parvenu à ouvrir un des rares volets du salon qui n'était pas condamné, et je mis un vieux CD que nous écoutions l'été dernier (*Ancora tu*, de Lucio Battisti). *E come stai ? Domanda inutile. Stai come me e ci scappa da ridere. Amore mio ha già mangiato o no. Ho fame anch'io e non soltanto di te.* Marie me sourit, alors — son premier sourire de la journée, le seul peut-être (il y avait tout lieu d'être pessimiste).

Lorsqu'il cessa de pleuvoir, je sortis faire un tour dans la propriété. Je contournai la maison et j'aperçus le petit jardin derrière la grille bleue. Il était à l'abandon, envahi de mauvaises herbes. Je n'essayai pas d'entrer, je poursuivis ma route, je m'éloignai vers le rivage. Les sols étaient mouillés, partout les feuillages dégouttaient lentement de pluie. Je passai l'enclos à chevaux, qui était désert dans la grisaille, avec des piquets de clôture effondrés, et je descendais vers la mer le long de terrasses abandonnées. Je m'étais avancé jusqu'aux confins de la propriété, et je m'étais engagé dans un petit sentier touffu qui s'enfonçait dans le maquis. La maison n'était plus en vue, et je continuais d'avancer parmi les ronces et les broussailles quand j'entendis des coups de feu au loin, deux, puis trois coups de feu, comme des portes qui claquent dans l'immense silence de la nature. Je ralentis l'allure, je me raidis, continuant mon chemin en observant attentivement le faîte immobile des formations d'arbustes détrempés que je longeais. Ce devait être des chasseurs, peut-être des braconniers, je n'en savais rien. Je continuais à avancer, plus lentement, tendu à présent, aux aguets, m'attendant à faire une mauvaise rencontre, ralentissant encore quand je débouchais à découvert, craignant d'être pris pour cible, faisant du bruit volontairement, toussant, avec ostentation, pour témoigner de ma présence, pour ne pas être pris pour du gibier. Lorsque j'entendis de nouveau des coups de feu, deux, puis trois, peut-être quatre cette fois-ci — coups de feu toujours aussi invisibles — mais que je perçus comme plus près à présent, plus menaçants, je hâtai le pas dans le chemin pour rejoindre la maison.

La porte d'entrée était toujours ouverte quand je revins, je retrouvai la valise de Marie à l'endroit exact où nous l'avions laissée. Marie n'avait pas bougé du salon, elle avait éteint la musique et s'était assise dans un grand fauteuil à accoudoirs. Je la rejoignis dans le salon et j'allai m'asseoir en face d'elle dans un fauteuil jumeau du sien. Nous ne disions rien. Nous étions là, tous les deux, assis en manteau dans le salon désert de cette maison abandonnée. La pièce avait à peu près repris son aspect habituel, même si elle demeurait très sombre et dégageait encore une forte odeur de renfermé. Je regardai l'heure. Il était un peu plus de midi, l'enterrement de Maurizio ne devait pas avoir lieu avant quinze heures. La porte d'entrée de la maison était restée ouverte, et on entendait la pluie tomber dehors — la pluie, ininterrompue, qui gargouillait dans les gouttières.

Marie se leva pour choisir un livre dans la bibliothèque de son père et elle se mit à lire en face de moi. Je la regardais en silence. Je sentais qu'elle se réappropriait progressivement les lieux où avait vécu son père, les lieux qu'il avait habités, où il avait travaillé, où il lisait, l'hiver, quand il restait enfermé ici de longues journées tandis que la pluie tombait dehors sans discontinuer. Le père de Marie avait vécu les dernières années de sa vie dans cette maison, entouré de livres, ne sortant quasiment plus, évitant la compagnie. Homme de culture qui parlait plusieurs langues (mais plus avec personne), il s'était peu à peu coupé définitivement du monde. Je sentais que, pour Marie, la mort de Maurizio avait ravivé douloureusement en elle les blessures de la mort de son père. Ici, à la Rivercina, la mort de Maurizio n'était plus une abstraction, une information lointaine, comme à Paris quand elle avait appris la nouvelle. Non, ici, Maurizio avait vécu, Marie l'avait croisé tous les étés dans ces lieux depuis plus de vingt ans. Pas plus tard que l'été dernier, elle avait encore vu Maurizio traverser cette pièce de sa démarche lourde et robuste, pour se rendre dans une chambre ou monter à l'étage. Elle devait le revoir, à tous les âges de sa vie, dans le salon ou au détour d'un couloir, avec sa peau burinée, sa carrure large, ses mains épaisses, presque toujours vêtu d'une épaisse chemise à carreaux blancs et bleus.

Marie devait également avoir des souvenirs de Maurizio que je ne pouvais même pas soupçonner et qui se mêlaient nécessairement, inextricablement, aux souvenirs de son père dans ces lieux. Car, ici, dans le salon désert de cette maison abandonnée, l'absence de son père se faisait sentir partout avec force, se matérialisait dans chaque particule de l'air. Chaque meuble, chaque objet portait de façon indélébile la trace de sa présence passée, et la bibliothèque plus que tout, l'impressionnante bibliothèque d'histoire de l'art et de philosophie qu'il avait constituée patiemment au fil des années. Marie interrompit sa lecture et releva la tête vers moi, le livre à la main. Je la sentais absolument sans force, sans volonté, vide, découragée, incapable de lire, incapable de faire quoi que ce soit. Elle me sourit avec douceur, et je perçus une demande d'aide dans ses yeux, d'assistance, quelque chose d'implorant, une immense lassitude, du découragement, du renoncement. J'ai envie de pleurer, me dit-elle. J'allai la rejoindre et elle me prit le bras, elle le serra un instant avec une intensité poignante. Elle s'aida de mon bras pour se relever, m'étreignit un instant en silence dans le salon, dans un geste de gratitude muette de l'avoir accompagnée à l'île d'Elbe, de sympathie partagée, comme si nous nous présentions mutuellement nos condoléances pour la mort de Maurizio, et peut-être, plus largement, pour la mort de son père. C'était pudique, retenu, inattendu, nous étions en manteau dans le salon et nous nous étreignions en nous touchant à peine. Cela ne dura qu'un instant. Puis, elle se détacha doucement de moi, et reprit de l'énergie, se ressaisit, et nous nous dirigeâmes vers l'entrée pour monter sa valise dans sa chambre.

Je suivais Marie avec la lourde valise que je traînais derrière moi dans les escaliers. Arrivés à l'étage, nous allumâmes une veilleuse sur le palier et traversâmes le couloir jusqu'à la chambre de Marie. Elle entra la première, je la suivis avec la valise, et je la vis se figer sur place, elle se pétrifia, tétanisée — pas un cri, pas un geste, peut-être un léger tremblement, mais elle n'avait pas fait un pas de plus, elle s'était arrêtée net, stoppée dans son élan, et elle ne bougeait plus. Quelqu'un avait dormi dans la chambre en son absence. Le lit était défait, les draps froissés. Je demeurais immobile derrière elle, aussi surpris, aussi interdit qu'elle, les yeux fixés sur les couvertures en désordre qui dégringolaient jusqu'au sol. Je jetai un rapide regard autour de moi, il y avait un pantalon de treillis en boule au pied de la chaise, une paire de grosses godasses à la renverse. J'aperçus encore une bouteille d'eau entamée, des carnets à même le sol, un cendrier rempli de mégots. Marie se mit alors à trembler, elle fut agitée sur place d'une brève crise de tremblements, et puis elle se ressaisit et dit : « On ne reste pas ici. » C'était irrévocable, définitif, et elle reprit aussitôt ses esprits, ferme, déterminée, déjà elle descendait les escaliers avec résolution pour quitter la maison. J'eus à peine le temps de faire un pas de plus dans la chambre, de jeter un coup d'œil dans la commode, d'inspecter les tiroirs, les ouvrant vite et les refermant aussitôt après un rapide regard dedans, avant de tomber, dans celui du bas, parmi des draps et des affaires de Marie, sur des munitions, sur des boîtes de cartouches. Je me hâtai de rejoindre Marie dans les escaliers avec la valise, elle était déjà passée dans la cuisine pour prendre les clés de la voiture de son père, et elle m'attendait sur le pas de la porte. Je sortis, et elle verrouilla la porte derrière nous, nous laissâmes la table de jardin à l'extérieur, et nous éloignâmes à grands pas dans l'allée — je ne lui dis pas un mot de ma découverte.

Nous pressions le pas dans l'allée, ce départ précipité rappelait la façon dont nous avions quitté la propriété la nuit du grand incendie de la fin de l'été, en laissant tout en place, sans nous retourner, il y avait la même hâte irréfléchie, la même urgence d'atteindre le plus vite possible la voiture. Arrivés sur le parking, je hissai la valise sur le plateau de chargement de la vieille camionnette débâchée, et j'essayais encore de la caler dans le coffre, de la fixer avec des tendeurs, pendant que Marie faisait marche arrière. J'accompagnai la voiture sur quelques mètres en courant à ses côtés, et, abandonnant les tendeurs, ne laissant la valise fixée qu'avec un unique crochet assujetti à sa poignée, je rejoignis Marie dans la vieille camionnette tandis qu'elle accélérait déjà dans le chemin.

Lorsque, au bout du chemin, nous passâmes devant la maison de Maurizio, je me penchai à la vitre pour voir si Giuseppe s'était arrêté chez sa mère après nous avoir quittés. La maison n'avait pas changé d'aspect depuis tout à l'heure, les volets étaient toujours fermés et la terrasse déserte, mais il n'y avait pas trace de la voiture de Giuseppe dans les parages. Marie n'accorda pas un regard à la maison, elle s'engagea sur la route de Portoferraio. Elle conduisait le visage fermé, sa colère était froide, sa rage contenue, exaspérée.

Jamais une telle chose n'aurait pu arriver du temps de Maurizio, disait-elle, jamais il n'aurait laissé quelqu'un dormir dans la maison en notre absence — et pas même entrer dans la maison, jamais personne n'aurait mis un pied dans la maison en notre absence, si ce n'est lui-même, ou un ouvrier, qu'il aurait accompagné et surveillé, et raccompagné à la fin, un maçon ou un plombier qui serait venu faire quelques menus travaux d'entretien ou de réparation. Et Maurizio n'était pas mort depuis une semaine que la maison servait déjà de planque, de refuge pour *latitanti !* (elle dit le mot en italien, *latitanti*, qu'elle fit sonner avec délectation dans le dégoût), et le responsable, pour elle, avait un nom, cela ne faisait aucun doute : Giuseppe.

En arrivant à Portoferraio, Marie traversa la ville sans paraître chercher son chemin. Elle se dirigea droit vers le vieux port, décidée, déterminée, passa au ralenti sous les arcades de la *Porta a Mare* et alla immédiatement se garer sur le parking de la place. Nous descendîmes de la voiture. Marie n'avait pas hésité un instant, comme si elle avait toujours su où nous allions depuis que nous avions quitté la Rivercina (alors qu'elle n'en avait sans doute aucune idée, uniquement préoccupée de quitter les lieux au plus vite). Il avait cessé de pleuvoir depuis quelques minutes, le sol était encore mouillé sur le parking. Marie, hésitante, la valise à nos pieds, regardait les maisons autour d'elle, les grandes bâtisses ocre et roses aux volets verts et toits de tuiles. Sur la place, non loin du dôme, je reconnus la façade de l'auberge Ape Elbana, où j'étais descendu l'année précédente quand j'avais rejoint Marie à l'île d'Elbe pour les obsèques de son père. Devant l'indécision de Marie, c'est moi qui pris alors les choses en mains. Je repris la valise et me dirigeai sans hésiter vers l'hôtel. Je montai le petit perron, entrai dans l'auberge et demandai à la dame qui apparut au bout d'un moment à la réception (peut-être la même dame qui m'avait accueilli un an plus tôt), si elle avait une chambre libre. Oui, pratiquement toutes les chambres de l'hôtel étaient libres.

La dame nous accompagna au premier étage, ouvrit la porte d'une chambre en haut des escaliers, une chambre très spacieuse, haute de plafond, avec un lit *matrimoniale*. Le mobilier n'était pas de première jeunesse, des tables de nuit en formica, un couvre-lit en mousseline verdâtre, il n'y avait guère de tapis sur le vieux linoléum moucheté qui recouvrait le sol. Un autre lit, d'appoint, se trouvait contre le mur, à côté d'une table ronde garnie de chaises sur laquelle était posé un minuscule téléviseur. L'ensemble était assez désordonné et incohérent, mais l'espace était superbe et trois grandes fenêtres, les hautes persiennes closes, donnaient sur la place. La dame, à peine entrée, s'avança vers les radiateurs, elle fit tourner les robinets de réglage à fond, elle passa d'un radiateur à l'autre, successivement, les alluma tous les trois, à pleine puissance. *Aspettate un attimo*, dit-elle, et elle nous expliqua qu'il fallait attendre quelques minutes pour que cela commence à chauffer. Il faisait en effet très froid dans la chambre, peut-être même plus froid que dehors. Elle déposa la clé sur la table et ressortit. Nous fîmes le tour de la chambre en gardant nos manteaux. Marie entrouvrit la porte du cabinet de toilette, jeta un coup d'œil, la referma. J'allumai la télévision — difficile à dire si elle fonctionnait ou pas —, laissai le bouton revenir sous mon doigt pour l'éteindre. Nous allâmes à la fenêtre, nous entrouvrîmes une persienne et jetâmes un coup d'œil sur la place. Nous n'avions rien de particulier à faire, et nous ne nous attardâmes pas dans la chambre.

Nous ressortîmes de l'hôtel. Toujours, dans les rues de Portoferraio, régnait cette odeur de chocolat qui pénétrait l'atmosphère. L'air de la ville en était intimement imprégné. Ce matin, au lever du jour, ce devait plutôt être une odeur de brûlé qui avait dû se faire sentir dans la grisaille de l'aube, tandis que quelques fumées d'incendie venues de la rade, portées par le vent, avaient dû errer longtemps dans les ruelles avant de se dissiper progressivement. Mais, à présent, l'odeur avait complètement changé de nature, et j'eus le sentiment en sortant dans la rue de respirer une véritable bouffée de chocolat chaud. C'était comme si, avec le temps, l'asphyxiante odeur de brûlé initiale s'était dépouillée de ses composantes nauséabondes — les émanations délétères et toxiques, les relents de caoutchouc calciné —, pour s'ouvrir en quelque sorte, comme un vin, ou un parfum, et dévoiler des séductions plus subtiles — une note de poivre, un relent d'agrume ou d'orangettes — qui, n'ayant pas encore eu le temps de s'exprimer auparavant, étaient demeurées en sommeil derrière les puissantes odeurs de brûlé dominantes. Tu as vu, ça sent le chocolat, me dit Marie en souriant, et elle se mit à humer l'air, le nez en l'air, à inspirer, ostensiblement, les mains dans les poches de son manteau, tandis que nous regagnions la voiture.

Nous emportâmes l'exquise odeur de chocolat avec nous, de sorte que, lorsque nous traversâmes la ville, paraissait flotter dans l'atmosphère, partout, au-dessus du vieux port et jusqu'aux remparts de la citadelle, dans le ciel grisâtre de Portoferraio, immatérielle, onctueuse, laiteuse et vanillée, une envoûtante odeur de chocolat. Il ne pleuvait pas, mais le ciel était toujours menaçant, d'épais nuages noirs s'accumulaient au loin, et de grandes flaques sombres s'étendaient sur la chaussée mouillée. Au rond-point de la cimenterie, plutôt que de poursuivre comme d'habitude notre route vers la Rivercina, Marie tourna à droite pour prendre la direction du cimetière et nous parcourûmes des petites rues désertes dans un quartier de l'arrière-ville que nous ne connaissions pas. Bientôt, nous arrivâmes en vue du stade municipal, on apercevait le terrain de football désert derrière des grillages, avec les deux cages vides et une petite tribune couverte. Le cimetière se trouvait juste en face. Marie gara la voiture, et nous prîmes la direction du cimetière à pied. Je crus alors apercevoir la voiture de Giuseppe garée sur le bas-côté, et le sentiment de malaise immédiat que j'éprouvai à la vue de ce gros pick-up noir me fit prendre conscience qu'il nous serait désagréable de devoir retrouver Giuseppe à l'enterrement.

Il régnait une certaine animation aux abords du cimetière, des voitures se garaient, des gens passaient par petits groupes le grand portail grillagé de l'entrée. Deux ou trois échoppes de fleuristes provisoires s'étaient montées sur le trottoir en cette veille de Toussaint, de simples installations sommaires, tables à tréteaux qu'un parasol mouillé protégeait de la pluie. Une camionnette blanche était montée sur le trottoir, et, à travers ses portières ouvertes, on devinait des réserves fleuries dans l'ombre du fourgon. Sur les étals s'alignaient des plantes en pots et plusieurs variétés de fleurs. Marie s'arrêta pour acheter un bouquet pour Maurizio. Elle ne voulait pas de chrysanthèmes, et, se déplaçant le long de l'étal, hésitante, irrésolue, soulevant un bouquet pour le humer, le remettant en place, elle finit par se décider pour un bouquet de lys, six lys blancs encore fermés pour la plupart, seule une fleur était déjà éclose.

Nous passâmes les grilles du cimetière, nous suivions sans un mot d'autres personnes qui se rendaient comme nous à l'enterrement de Maurizio, ou qui étaient simplement là pour honorer leurs morts. Des groupes épars, de deux ou trois personnes, un bouquet à la main, avançaient en bavardant, parfois s'arrêtaient un instant sur place, et nous progressions en silence avec Marie dans une allée de cyprès. Nous débouchâmes sur une vaste cour fermée, aux allures de cour intérieure d'un couvent, dont les murs étaient intégralement recouverts de niches funéraires. Plusieurs personnes se trouvaient là, juchées sur des échelles ou de petits escabeaux, qui arrangeaient des fleurs dans des vases en faïence intégrés aux plaques de marbre des niches funéraires. Une voiture particulière avait même réussi à entrer dans la cour, garée dans une allée au milieu du gravier, et une famille s'activait autour du hayon ouvert, le père aidé de ses deux filles qui sortaient des sacs de terreau du coffre de la voiture. Ils avaient installé l'oncle nonagénaire sur une chaise en toile pliante au pied d'un pilier et l'ancêtre restait assis là, immobile, le regard fixe, un bonnet *odio la Juve* sur la tête, en face des rangées de niches funéraires qu'il regardait fixement. En sortant de la cour, nous aperçûmes au loin un attroupement près d'une tombe, et Marie se hâta pour rejoindre le groupe — mais ce n'était pas l'enterrement de Maurizio.

Marie, imperceptiblement, s'inquiétait, elle regardait autour d'elle, désorientée, elle craignait de s'être trompée d'heure et partait dans différentes directions, revenait sur ses pas. Elle s'engagea, hésitante, dans une allée annexe, que nous suivîmes jusqu'au bout. L'allée se terminait en cul-de-sac, dans un bosquet de saules à l'ombre du mur d'enceinte. Là, lugubre, se dressait un mausolée de niches entièrement vides, en béton brut, un simple mur grisâtre qui comptait une soixantaine de compartiments vides, en attente d'urnes. Marie sortit son téléphone de la poche de son manteau et me dit qu'elle allait appeler Francesco, le fils aîné de Maurizio, pour savoir où ils étaient. Elle essaya d'appeler, mais ne parvenait pas à avoir de réseau, je la voyais changer de place entre les tombes, le téléphone à l'oreille, se déplacer d'une allée à l'autre, dans le même périmètre minuscule, avant de comprendre que c'était peut-être le mur d'enceinte du cimetière qui empêchait les communications de passer, comme si les morts, mieux à même de préserver leur sérénité que les vivants, absorbaient les ondes des portables et les engloutissaient immédiatement sous terre. Marie, pour contourner l'obstacle, se mit à longer le mur d'enceinte à la recherche d'une ouverture qui laisserait passer les ondes. Elle finit par tomber sur la petite grille d'une porte annexe, qui donnait sur une rue déserte, et, se plaçant contre la porte, se collant à la grille, elle composa le numéro de Francesco, mais tomba sur sa messagerie vocale. Elle laissa un message et raccrocha. Elle hésita un instant, me regarda. Giuseppe ? J'acquiesçai, et elle composa le numéro de Giuseppe. Je voyais son visage soucieux pendant qu'elle attendait, son regard tendu, les yeux fixes qui regardaient au loin. Giuseppe ne répondit pas non plus, et Marie parut presque soulagée. Elle ne laissa pas de message et rangea le téléphone, tandis que nous nous remettions en marche, pressions de nouveau le pas dans les allées, ne sachant plus où aller.

Nous n'avions aucune idée de l'endroit où avait lieu l'enterrement de Maurizio, et Marie, qui me devançait dans le cimetière, avançait, perdue, dans la monotonie des allées, son bouquet à la main, hésitante, regardant autour d'elle. De chaque côté de nous, sur les pelouses, s'étendaient des tombes à perte de vue. Ce qui frappait le regard, c'est que toutes ces tombes étaient fleuries à l'occasion de la fête des morts, aucune n'avait été oubliée, pas même les tombes isolées, simple tertre ou tumulus surmonté d'une croix. C'était, partout, des fleurs, dans des pots, dans des vases, dans des jardinières, c'était des bacs de marguerites, des pâquerettes, du fusain et des véroniques, c'était des fleurs fraîches, coupées dans les jardins, du jour ou de la veille, vivantes, radieuses, lumineuses, c'était des milliers de fleurs multicolores dont les taches de couleur vives ressortaient dans la grisaille — le jaune des glaïeuls, l'orange des capucines, le bleu-rouge presque mauve des violettes —, c'était des gerbes et des bouquets, des cyclamens roses en pots, des iris, des dahlias, et encore, et toujours, partout, des chrysanthèmes, toutes sortes de chrysanthèmes qui s'épanouissaient dans la brume humide qui nappait les allées du cimetière. C'était aussi, parfois, plus tristement, des fleurs artificielles, des fleurs en céramique, pâles, dépérissantes, aux couleurs suaves et délavées, violines ou vieux rose, anémiées, presque décolorées, des fleurs en porcelaine, des fleurs oubliées, des fleurs en deuil, qui se mariaient au gris moucheté des vieilles tombes, sur lesquelles elles semblaient se languir.

Marie tendit le bras au loin et me dit que c'était sûrement par là, et elle s'engagea dans une étroite allée qui descendait en pente douce, où les tombes, plus austères, moins espacées, étaient collées les unes aux autres. Il n'y avait plus aucune visibilité maintenant, l'horizon était noir, bouché de toutes parts par la ligne sombre des sépultures.

De chaque côté de nous se dressaient les imposantes masses des tombeaux familiaux, aux allures de chapelles, souvent protégés de grilles et surmontés de croix. Marie marchait moins vite, elle me guidait, prudente, dans le dédale des monuments funéraires, comme si elle connaissait le chemin et que nous allions déboucher d'un instant à l'autre sur l'endroit où avait lieu l'enterrement de Maurizio. Il y avait un côté presque urbain dans cette partie étroite et encaissée du cimetière, des allées, des carrefours, nous étions dans une véritable nécropole, un hameau des morts, absolument désert, délaissé, silencieux, avec ses ruelles de plus en plus sombres, qui s'estompaient au loin dans la pénombre. La plupart des mausolées étaient entourés de grilles et de jardinets et semblaient abandonnés, mais on devinait parfois un salon éclairé derrière une vitre, avec des vases fleuris sur le sol, parfois une soucoupe, des fruits et des gâteaux. J'ignore si la présence de ces offrandes obéissait aux ancestrales coutumes méditerranéennes de l'antique fête des morts, qui incitaient les familles à laisser du lait et des châtaignes à l'intention des défunts, mais il n'était pas rare de trouver là, sur le sol de ces salons funéraires qui apparaissaient derrière les vitres des tombeaux, parmi les offrandes florales, entourées de cierges dont les flammes tremblaient dans la pénombre, une bouteille d'eau minérale et quelques gâteaux abandonnés.

Je regardais le ciel tourmenté au-dessus de nous. De gros nuages noirs de pluie s'avançaient et recouvraient le cimetière. La lumière était crépusculaire, presque bleue par endroits. Ce n'était pas la première fois aujourd'hui que j'avais eu la sensation qu'il faisait nuit en plein jour à Portoferraio, je l'avais déjà éprouvée ce matin, à la descente du bateau, quand les épaisses fumées noires de l'incendie assombrissaient les quais à notre arrivée et donnaient l'impression que le jour ne s'était pas levé, ce matin, à Portoferraio. Il se mit à pleuvoir alors — et, dès l'instant où il se mit à pleuvoir, à la seconde, l'odeur nous revint à l'esprit, l'odeur qui s'était fait oublier un moment et que la pluie venait de réactiver, libérant ses arômes dans l'air, dégageant ses parfums, cette odeur de chocolat qui se mit soudain à se faire sentir autour de nous entre les marbres des tombeaux. Il était impossible d'échapper à cette odeur lancinante de chocolat, nous pressions le pas entre les monuments funéraires, mais c'était dans l'odeur même que nous nous déplacions, qui n'avait plus rien de plaisant ou de pittoresque, cette odeur qui avait radicalement changé de nature et qui était devenue maintenant écœurante, qui se mêlait à l'odeur abstraite de mort qui régnait dans le cimetière, une odeur de décomposition, de putréfaction, une odeur organique de corps mort, cette odeur de chocolat suave, doucereuse, fétide, qui allait nous suivre tout l'après-midi, dont nous ne pourrions plus nous défaire, et qui, mêlée maintenant à la pluie qui tombait, qui se fondait à la pluie, qui nous collait à la peau et aux cheveux, qui mouillait nos vêtements, pénétrait nos yeux et dégoulinait sur nos joues. Nous nous frottions les joues avec les doigts pour y échapper, en avançant toujours entre deux rangées de tombeaux qui paraissaient se rétrécir autour de nous, cette odeur de chocolat qui semblait couler du ciel comme une résine de pin gluante et recouvrait le manteau de Marie, pour le napper, lentement, l'enrober, le saupoudrer d'une fine pellicule chocolatée.

L'odeur semblait s'incarner à présent sous nos yeux, nous la voyions se matérialiser avec la pluie, qui exsudait lentement du ciel, qui suintait, sale, sombre, marronnasse, une bruine poisseuse, d'un noir ferrugineux, qui semblait tenir à la fois du chocolat brûlé des usines Monte Capanne et des oxydes des mines de fer à ciel ouvert désaffectées de la région de Rio Marina. Mais c'était pourtant cet air infecté de chocolat que nous devions respirer, le seul, l'unique air que nous pouvions respirer dans le cimetière, cet air âcre chargé de vapeurs de cacao, où se mêlaient des odeurs de minerais de fer, des odeurs de magnétite et de pyrite, que pimentaient encore des relents de cinabre, de mercure et de soufre. Tout, autour de nous — l'air, le sol, l'obscurité elle-même —, semblait s'être fluidifié, fondu, liquéfié, pour nous enrober de sa viscosité dans un déversement continu de pluie fine, tenace et chocolatée. Les mausolées ruisselaient de pluie et on voyait monter des vapeurs de chocolat de la pierre mouillée des tombes, tandis que, du marbre des sépultures mouillées, semblaient sourdre les sucs organiques des défunts. Marie se sentait défaillir, qui s'éloignait devant moi, une main sur la bouche, les yeux égarés, l'odorat exacerbé, ne pouvant plus supporter cette odeur de chocolat qui lui donnait envie de vomir. Elle avait fait demi-tour, elle rebroussait chemin, elle fuyait, abandonnant l'idée de trouver l'enterrement de Maurizio, ne le cherchant même plus, il ne lui importait plus à présent d'assister à l'enterrement de Maurizio, ce qu'elle voulait, c'était sortir de là, quitter le cimetière, retrouver l'air libre, se débarrasser de cette odeur obsessionnelle qui lui donnait la nausée. Et, alors, perdue, revenant sur ses pas, ne trouvant plus la sortie, Marie se trouva mal, Marie eut un malaise. Elle vacilla sur place, chercha des yeux un mur à quoi se raccrocher, un endroit où s'asseoir, un banc, une chaise, mais ne trouvant que des tombes à perte de vue, elle tituba encore quelques mètres et finit par s'affaisser sur le marbre d'une pierre tombale. Elle était très pâle, et, tandis que je m'approchais d'elle pour lui venir en aide, de nouveau, comme ce matin, elle fut prise d'une crise de tremblements, très brève, qui la laissa sans force, épuisée, incapable de réagir, de se relever, de faire un pas de plus. Elle tremblait, sur place, de plus en plus lentement, la tête baissée. Je me penchai vers elle, et, doucement, pour l'apaiser, je lui demandai ce qui se passait. Mais qu'est-ce que tu as, Marie ? lui dis-je à voix basse, qu'est-ce que tu as ? Qu'est-ce que j'ai ! dit-elle en relevant la tête vers moi, mais tu ne le vois pas, ce que j'ai ? Mais je suis enceinte, dit-elle.

En quittant le cimetière, au moment de remonter dans la voiture, je demandai à Marie si elle voulait que je conduise, mais elle me dit que non, qu'elle s'en sentait capable (elle était enceinte, elle n'était pas malade, me dit-elle), et elle prit place au volant, posa le bouquet de lys flétri et mouillé de pluie sur la boîte à gants. Nous restâmes un instant silencieux dans la voiture. Je continuais à réfléchir, tant de choses qui m'avaient paru étranges ces derniers temps s'éclaircissaient soudain, tandis que tant d'autres s'obstinaient à me demeurer obscures. Et, me tournant alors vers elle, je lui dis, dans une intuition soudaine : « C'était ça, en fait, la chose que tu voulais me dire quand tu m'as donné rendez-vous dans ce café à Saint-Sulpice ? » Je le dis sans réfléchir, comme une évidence, que j'avais toujours sue et que je n'avais pas encore réussi à formuler, et elle fit oui de la tête, longuement, douloureusement.

Marie avait démarré, et nous nous éloignions du cimetière, nous longions le stade municipal de Portoferraio. Je pensais que nous allions regagner l'hôtel, mais, comme nous arrivions à la hauteur du rond-point de la cimenterie, je fus surpris de voir Marie prendre la route de la Rivercina. Elle m'expliqua qu'elle voulait aller embrasser Antonina, la femme de Maurizio, et, comme elle ne savait pas où avait lieu l'enterrement, elle proposait d'aller attendre la famille à la Rivercina, dans la maison de Maurizio, où les proches se retrouveraient sans doute après la cérémonie.

Quelques kilomètres avant d'arriver à la Rivercina, comme nous passions devant une petite chapelle, nous aperçûmes un nombre inhabituel de voitures garées sur le bord de la route, n'importe comment, certaines en épi, ou à la verticale de la pente, une trentaine de voitures qui remplissaient le moindre espace vacant de l'accotement. C'était là, un peu plus haut, dans un tombeau familial caché dans la végétation, que devait avoir lieu l'enterrement de Maurizio. Marie avait ralenti et roulait au pas, observait les sous-bois pour essayer de découvrir le caveau invisible de la route. La cérémonie venait apparemment de s'achever, car, de toutes parts, surgissaient des gens, des petits groupes de deux ou trois personnes, qui semblaient émerger du feuillage comme par un phénomène de génération spontanée et glissaient le long de la pente pour rejoindre la route avec la lente nécessité d'une eau qui ruisselle. La foule regagnait les voitures, les plus vieux et les moins valides par un chemin balisé, avec la famille la plus proche, groupée autour d'Antonina, la femme de Maurizio, escortée de son fils aîné qui lui tenait le bras.

Dès que Marie aperçut Antonina, elle abandonna la voiture. Elle s'empara du bouquet sur la boîte à gants, ouvrit la portière et s'élança à sa rencontre. Elle traversa la route en courant et se mit immédiatement à pleurer dans ses bras, laissant libre cours à toute l'émotion qu'elle avait accumulée depuis quelques heures, depuis quelques jours, depuis qu'elle avait appris la mort de Maurizio, toute cette émotion contenue, retenue, réprimée, qu'elle avait plus ou moins réussi à maîtriser jusqu'à présent. Il y avait toujours eu, chez Marie, une qualité d'émotion incomparable, qui ne tenait pas tant aux circonstances réelles qui provoquaient ses réactions affectives qu'à cette *disposition océanique* que j'avais repérée en elle, qui acérait sa sensibilité, l'exacerbait et faisait vibrer ses sentiments avec une intensité hors du commun. La vieille dame paraissait tout aussi émue qu'elle, j'avais remarqué son regard, le bref éclair de surprise, de ravissement et de douleur, qui était passé dans ses yeux lorsqu'elle avait vu Marie accourir à sa rencontre. Car Marie, dans cette étreinte, représentait également son père, elle en était la représentante symbolique, de sorte que, par personnes interposées, Marie était en train de donner à Antonina l'accolade que son père aurait pu adresser à la vieille dame en apprenant la mort de Maurizio. Mais il y avait plus que cela encore, car Antonina, cette vieille dame vêtue d'un chemisier en dentelle blanche et d'un gilet noir cintré, cette petite dame fragile, soutenue par son fils aîné, était la seule personne qui avait connu Marie enfant. J'observais Marie à distance, et j'avais le sentiment que ce n'était pas Marie qui pleurait ainsi, effondrée, dans les bras d'Antonina, mais la petite fille qu'elle avait été trente ans plus tôt. Continuant à embrasser Antonina et à lui parler en même temps, elle lui offrit le bouquet de fleurs, se retourna pour saluer d'autres personnes, en désignant du doigt le pauvre bouquet flapi qu'elle venait d'offrir à Antonina en éclatant de rire, car avec Marie les rires n'étaient jamais loin des larmes, et elle se décala pour étreindre avec gravité Francesco, le fils aîné de Maurizio, en costume sombre et chemise blanche, à qui moi aussi, au moment de les rejoindre, j'allai donner l'accolade.

Marie se rendit compte alors que Giuseppe, l'autre fils de Maurizio, était resté à l'écart de notre groupe et nous observait à distance de son air las et ennuyé. Il était sur le point de repartir, mais Marie ne lui en laissa pas le temps, elle fila droit sur lui pour lui demander des explications. Giuseppe recula d'abord sous l'assaut, sembla éluder la question, soulevant le bras en signe de mauvaise humeur, d'impuissance ou de dénégation. Il essayait de maintenir Marie à l'écart en la repoussant de la main d'un geste courroucé. Il voulait regagner sa voiture, mais ne parvenait pas à s'en défaire. Marie le poursuivait sur le bord de la route, le prenait à partie, chuchotait de plus en plus fort, et se mit soudain à crier à voix basse sur le bord de la route, au point que plusieurs personnes se retournèrent vers eux pour voir ce qui se passait. Marie, une teigne, le suivait toujours, ne le lâchait pas d'un pouce et, quand il fut arrivé à la hauteur de son gros pick-up garé n'importe comment perpendiculairement à la pente, comme Giuseppe voulait lui échapper, elle lui cria très fort « *Che vergogna !* », tandis que tout le monde s'était retourné vers eux pour les regarder. Giuseppe monta furieux dans son pick-up et démarra aussitôt, dévala la pente en marche arrière sans regarder derrière lui et manqua d'écraser Marie — qui était restée en place, qui n'avait pas bougé —, n'évitant son corps immobile au milieu de la chaussée qu'au dernier moment, d'un coup de volant, avant de repartir aussitôt à pleine vitesse, en faisant crisser ses pneus derrière lui à la manière du crétin qu'il était. Marie, alors, droite au milieu de la route, le visage impassible, la lèvre légèrement tremblante, le regarda s'éloigner, et, parant seulement maintenant le danger auquel elle venait d'échapper, avec un temps de retard, elle eut ce geste inattendu, de poser lentement une main devant elle, puis l'autre, pour protéger son ventre.

Nous étions remontés en voiture, et Marie demeura un instant assise au volant sans bouger, encore un peu choquée par l'incident. Nous étions garés au milieu de la route en double file, et les voitures qui repartaient nous doublaient ou nous croisaient difficilement, les conducteurs nous dévisageaient un instant à travers la vitre, en évitant toutefois de klaxonner, obsèques obligent. Marie, perdue dans ses pensées, était parfaitement indifférente au fait de gêner la circulation, elle reprenait lentement ses esprits. Elle finit par redémarrer, alla faire demi-tour un peu plus loin, et nous reprîmes la route de Portoferraio. Je regardais la route, et j'étais en train de penser que nous étions venus à l'île d'Elbe pour l'enterrement de Maurizio, que nous étions venus spécialement de Paris pour ses obsèques, et que cela avait été ça, l'enterrement de Maurizio, rien de plus, deux ou trois minutes furtives au bord de la route, descendre de voiture à la hâte, sans même couper le moteur, quelques effusions et une brève altercation avec Giuseppe sur le bas-côté. Et c'était déjà terminé, c'était fini, nous étions maintenant en train de regagner l'hôtel. Je fixais la chaussée, un peu nauséeux sur ces routes de l'île d'Elbe qui tournaient tout le temps, et je songeais à ce raté, qui m'en rappelait un autre, un raté du même ordre, un jour que j'étais allé rendre visite à mon oncle au cimetière. Je m'étais dirigé vers sa tombe, mais, m'étant égaré dans les allées, je ne l'avais pas trouvée, et j'étais ressorti du cimetière sans l'avoir vue. Plus tard, alors que m'arrivait une autre expérience du même ordre, réfléchissant à cet acte singulier de ne pas trouver quelqu'un qu'on va voir dans un cimetière, je m'étais rendu compte que cette mésaventure révélait dans le fond la vraie nature de toute visite dans un cimetière, c'est que, quand on va voir quelqu'un dans un cimetière, il est naturel qu'on ne le voie pas, il est normal qu'on ne le trouve pas, car on ne peut pas le trouver, jamais, c'est à son absence qu'on est confronté, à son absence irrémédiable. Et je pensai alors que, si Marie n'avait pas trouvé cet après-midi la tombe de Maurizio, si elle s'était trompée de cimetière alors que nous étions venus spécialement de Paris pour l'enterrement, c'est qu'elle n'avait pas *voulu* trouver le bon cimetière, et si elle n'avait pas *voulu* le trouver, c'est parce que ce n'était pas de mort qu'elle voulait m'entretenir lors de ce séjour à l'île d'Elbe — mais de vie.

Marie roula encore quelques kilomètres sans rien dire, toujours perdue dans ses pensées, avant d'aller se garer sur une petite esplanade qui dominait la mer. Elle coupa le moteur. Elle continuait de regarder droit devant elle pensivement, le visage grave, fermé. Elle me prit le bras alors, avec douceur, et me dit qu'elle était désolée de m'avoir annoncé la nouvelle de sa grossesse aussi brutalement tout à l'heure. Ce n'était pas comme ça qu'elle avait imaginé les choses. Ce qu'elle avait pensé, c'était de me l'annoncer après l'enterrement de Maurizio, une fois que tout serait fini, pour ne pas tout mélanger. Maintenant, en quelque sorte ? Elle réfléchit. Oui, maintenant (eh bien, voilà, je suis enceinte, me dit-elle).

De retour à l'hôtel, nous eûmes la désagréable surprise de constater que les radiateurs de la chambre ne marchaient toujours pas, ils étaient toujours aussi froids qu'à notre arrivée, le contact de la fonte blanche sous ma main était parfaitement glacé. Je redescendis à la réception, et la dame, qui parut aussi surprise que désolée du désagrément, m'assura qu'elle allait s'en occuper immédiatement, qu'elle ferait tout pour y remédier dans les meilleurs délais. J'allai retrouver Marie dans la chambre. Elle n'avait pas enlevé son manteau et elle regardait pensivement l'armoire à double battant qu'elle avait ouverte, où quelques cintres pendaient dans le vide. Il n'était qu'un peu plus de seize heures, et, même si nous avions décidé de dîner tôt, nous ne pouvions décemment pas nous présenter dans un restaurant du vieux port avant dix-neuf heures, dix-neuf heures trente. Près de trois heures nous séparaient encore du dîner, trois heures blanches, inoccupées, qui s'étendaient devant nous comme une immensité de vide vertigineuse.

Je m'étais allongé sur le lit en manteau, les mains dans les poches (on ne se refait pas), et je regardais le plafond, dans un désœuvrement semblable à celui que j'avais éprouvé à Tokyo dans les premiers temps de notre séparation. Je regardais le plafond, non pas directement, mais légèrement en biais, et cette façon particulière de regarder le plafond, avec cette imperceptible inclinaison du regard (les associations d'idées tiennent parfois à peu de choses), me rappela alors, non pas le plafond de la chambre d'hôtel de Tokyo où j'étais descendu, mais l'état d'esprit dans lequel je me trouvais à ce moment-là, pendant ces heures interminables, où je demeurais étendu sans rien faire dans cette chambre d'hôtel de Tokyo, à méditer cette vérité amère qui s'affirmait à moi chaque jour avec davantage d'acuité, que les journées sont toujours affreusement longues et la vie dramatiquement courte.

Marie avait ouvert la fenêtre et poussé un volet, et elle regardait les façades ocre et roses de la place. Même s'il ne faisait pas encore nuit, les réverbères étaient déjà allumés. Devant nous, on voyait les lumières orange des lanternes accrochées aux maisons, dont les halos commençaient à marquer l'atmosphère encore diurne de la place. Marie avait allumé une cigarette, et elle fumait en silence à la fenêtre. Je voyais sa silhouette en manteau qui me tournait le dos, son poignet légèrement désaxé, et sa main, fine, qui tenait la cigarette entre ses doigts. C'était la même image, exactement la même — l'attitude, la fixité du visage, la cigarette immobile de laquelle s'élevait lentement la fumée — que celle de Marie dans le café de la place Saint-Sulpice deux jours plus tôt, quand je l'avais observée dans la nuit derrière les vitres. Et même si, à ce moment-là, à Saint-Sulpice, je ne pouvais pas encore deviner que Marie était enceinte, je le savais déjà en réalité, c'est là, à Saint-Sulpice, que j'ai su pour la première fois que Marie était enceinte. Je l'ai su par l'image, de façon subliminale, comme si l'invisible était entré dans ma vision, et l'éternité dans le temps. Je me rendis compte alors que tout ce que je vivais d'important dans ma vie était toujours transformé en images dans mon esprit, et que ces scènes qui avaient pu paraître anodines à l'origine, qui demeuraient prosaïques, contingentes ou fortuites, tant qu'elles restaient enfouies dans la vie réelle où elles avaient eu lieu, devenaient progressivement, reprises dans mon esprit, retravaillées, macérées et longtemps ressassées, une matière nouvelle, que je remodelais à ma main, pour la révéler, et faire surgir une image inédite, où intervenaient autant le souvenir que le sentiment, la mémoire que la sensibilité. Et c'était cette vision nouvelle, transformée et enrichie, qui se fixait alors à jamais dans ma mémoire pour devenir la matrice de mes souvenirs futurs. Allongé sur le lit de cette chambre d'hôtel de Portoferraio, je sus alors avec certitude, que, lorsque je me souviendrais plus tard du moment où Marie m'avait annoncé qu'elle était enceinte — et je m'en souviendrais sans doute toute ma vie, car se sont des moments que l'on n'oublie pas —, ces deux scènes se superposeraient dans mon esprit, aussi pertinentes, aussi légitimes l'une que l'autre, la scène virtuelle, à Paris, dans ce café de la place Saint-Sulpice, où j'avais deviné qu'elle était enceinte sans avoir réussi à déposer le mot exact sur son état (le négatif de la scène en quelque sorte, déjà impressionnée dans mon esprit mais pas encore développée), et la scène réelle, à l'île d'Elbe, il y a quelques heures, où Marie m'avait vraiment annoncé qu'elle était enceinte.

Et je songeai alors que ces deux scènes s'apparentaient en réalité à des *Annonciations*, la première, à Saint-Sulpice, une *Annonciation* contemporaine, une image du XXIe siècle, aux allures de photo numérique, avec la nuit et la présence très forte de la pluie, des traces de gouttelettes éparses sur les vitres, une photo à la Nan Goldin, avec le visage de Marie entraperçu dans les traînées de phares d'un bus 87, les pommettes mouillées et les cheveux emmêlés, qui rappelait le fameux tableau de Hopper, une scène de nuit dans un café, les personnages hiératiques enfermés chacun dans sa solitude, un serveur de profil derrière le bar, et la robe rouge de Marie (peut-être suffirait-il d'appeler ce tableau de Hopper *Annonciation* plutôt que *Nighthawks* pour en transfigurer complètement la vision ?). La scène à Portoferraio, quant à elle, la scène réelle que nous avions vécue aujourd'hui avec Marie, semblait moins relever du XXIe siècle, dont elle était pourtant issue, que s'inscrire dans une tradition picturale plus ancienne, celle des *Annonciations* italiennes de la Renaissance. Le cadre d'abord, qui la rapprochait d'un décor de tableau florentin, le paysage toscan du cimetière — quelques cyprès, le ciel, le marbre veiné sur lequel Marie était assise —, la disposition des personnages, Marie à la droite du tableau, et moi debout, penché sur elle (mais je n'étais qu'un faire-valoir dans cette composition, c'est Marie qui jouait tous les rôles : à la fois l'ange

Gabriel et Marie, la bien nommée). Mais c'était surtout les détails iconographiques qui frappaient par leur étonnante proximité, la tenue de Marie, son manteau en laine claire de demi-saison, qui avait la blancheur immaculée des représentations de la pureté, sans compter son bouquet, les lys blancs qu'elle avait à la main, qu'on trouve explicitement cités dans de nombreux tableaux de la Renaissance. Pourtant, malgré ces multiples similitudes, il me semblait que quelque chose ne collait pas dans le rapprochement, et ce qui ne collait pas, à mon avis, tenait sans doute à l'expression de Marie au moment où elle recevait la nouvelle, qui, dans toutes les représentations des *Annonciations* de la Renaissance, a toujours un visage particulièrement doux, majestueux et recueilli, qui témoigne de l'effacement, de l'acceptation, voire de la soumission. Or, la manière avec laquelle Marie m'avait annoncé qu'elle était enceinte cet après-midi, la façon dont elle me l'avait jeté à la figure dans le cimetière de Portoferraio, avec de la véhémence dans les yeux, avait quelque chose de violent et d'effarouché. Ce n'était pas un aveu, c'était un reproche. Et, continuant à réfléchir, je finis par me souvenir de *l'Annonciation* de Botticelli qui se trouve aux Offices, où la Vierge présente une étonnante ressemblance psychologique avec l'état d'esprit de Marie cet après-midi au cimetière de Portoferraio, cette Vierge de Botticelli, qui, dans l'histoire des *Annonciations* italiennes, est, à ma connaissance, l'unique exemple de cette attitude de réticence de la Vierge, de réticence foncière, fondamentale, qui, dans le même geste, semble témoigner à la fois de l'acceptation et du refus de son état, la silhouette sinueuse et la main qui éloigne — comme si Botticelli n'avait pas peint une *Annonciation* mais un *Noli me tangere !*

Marie avait fumé la moitié de sa cigarette à la fenêtre. Elle tira une nouvelle bouffée, le regard perdu au loin vers la place. Alors seulement, avec un temps de retard, je m'étonnai qu'elle fume encore malgré sa grossesse. Tu fumes ? lui dis-je. Elle se retourna vers moi et m'expliqua avec douceur qu'elle ne fumait pratiquement plus, non, encore une ou deux cigarettes par jour — aujourd'hui, c'est la première, me dit-elle en regardant attentivement sa cigarette —, et elle ajouta qu'elle comptait arrêter, qu'elle le ferait sans doute la semaine prochaine, dès notre retour à Paris. Elle ne termina d'ailleurs même pas sa cigarette, elle la vrilla longuement, pensivement, sur le rebord de la fenêtre pour l'éteindre. Lorsque Marie avait parlé de notre retour à Paris, j'avais relevé le

« notre », « notre retour », et j'eus le sentiment alors que notre relation était en train de prendre un tour nouveau. Car, de même qu'il arrive parfois qu'une fêlure s'installe dans la vie amoureuse d'un couple, qui, avec le temps, ne peut que s'étendre et s'aggraver pour aboutir à une rupture définitive, je sentais que pour nous, c'était plutôt dans le principe même de notre rupture qu'une lézarde était en train de s'installer, qui, avec ce que nous venions de vivre et le fait que Marie était enceinte, ne pourrait que s'accroître, au point que, si elle venait à s'élargir encore, c'est l'idée même de notre séparation qui se trouverait menacée (et que nous finirions, tôt ou tard, par nous remettre à vivre ensemble).

Je me demandais pourquoi Marie ne m'avait pas averti plus tôt qu'elle était enceinte. Quand je lui posai la question, elle m'expliqua simplement qu'elle avait voulu attendre d'en être sûre. Nous bavardâmes encore ainsi une dizaine de minutes dans la chambre, elle toujours debout en manteau à la fenêtre, et moi allongé sur le lit. D'ailleurs, me disait-elle, elle ne s'était doutée de rien pendant tout le mois de septembre, ce n'est qu'à la mi-octobre, ayant constaté un retard dans ses règles, qu'elle avait été intriguée, mais elle n'y croyait pas encore, car elle n'avait pas eu de relations sexuelles pendant l'été — à part avec moi, bon, une seule petite fois à la fin de l'été (mais dans un contexte tellement particulier que cela ne comptait pas pour elle, m'expliqua-t-elle en souriant). Lorsque Marie m'avait appris qu'elle était enceinte, j'avais d'ailleurs moi-même été tellement surpris que j'avais douté un moment que ce fût moi le père, car nous n'avions en effet plus de relations sexuelles depuis plusieurs mois, à l'exception de cette unique étreinte, la nuit du grand incendie de la fin de l'été, quand, au petit matin, nous nous étions fugitivement unis dans la pénombre de la chambre, harassés et meurtris, davantage dans une étreinte de consolation et de tendresse que comme une véritable relation sexuelle en bonne et due forme (mais, apparemment, cela comptait aussi, nous avions dû être mal renseignés). Puis, il y a deux semaines environ, Marie avait commencé à avoir vraiment des doutes, et elle avait pris un rendez-vous chez le gynécologue. Elle n'avait fait le test qu'au début de la semaine, et c'est le même jour, le lundi après-midi, qu'elle avait appris à la fois sa grossesse et la mort de Maurizio, par un coup de téléphone de Francesco un peu plus tard dans la soirée. Mais, lorsque Marie m'avait téléphoné pour me donner rendez-vous à Saint-Sulpice, c'était bien avec l'intention de m'annoncer sa grossesse. Une dernière chose restait encore mystérieuse pour moi, c'est pourquoi elle m'avait ainsi délaissé depuis la fin de l'été, pourquoi — qu'elle ait été enceinte ou non — elle ne m'avait plus donné aucun signe de vie pendant deux mois à notre retour de l'île d'Elbe. Lorsque je lui posai la question, elle resta évasive, et je crus un instant qu'elle ne voulait pas aborder la question, qu'elle avait peut-être quelque chose à me cacher. Puis, elle se retourna et me regarda pensivement. Pourquoi, tu m'as appelée, toi ?

Une dizaine de minutes s'étaient écoulées depuis notre retour à l'hôtel, lorsqu'on frappa à la porte de la chambre, et sans attendre de réponse, la dame de l'hôtel entra, accompagnée de son mari et d'un type en bleu de travail avec une boîte à outils, un chauffagiste s'il en est. Ils entrèrent tous les trois dans la chambre et se dirigèrent sans hésiter vers les radiateurs. Je me redressai rapidement (comme s'il y avait quelque chose d'inconvenant à être allongé sur son lit dans une chambre d'hôtel), et Marie, les mains dans les poches de son manteau, s'éloigna instinctivement de la fenêtre, il y avait comme une sorte de chorégraphie muette dans la chambre, chacun se retirant pour laisser passer les autres ou se déployant au contraire pour occuper tout l'espace. Le chauffagiste, précis, méthodique, les gestes économes, posa sa boîte à outils sur la table et alla immédiatement fermer la fenêtre, en nous regardant avec une expression de reproche (déjà, si on commençait par fermer la fenêtre, il ferait moins froid, et on serait moins fondé à venir se plaindre à la réception). Après avoir donné quelques coups de marteau dans la fonte des radiateurs, et avoir constaté que cela sonnait creux (avec une pointe d'autosatisfaction : genre, j'en étais sûr), il dit à la dame qu'il fallait les purger, et, comme Marie et moi les dérangions visiblement, ne sachant plus où nous mettre pendant les travaux, nous trouvant toujours plus ou moins dans le passage, nous finîmes par ressortir de l'hôtel.

Dans la rue, il faisait complètement nuit à présent, les réverbères étaient allumés sur la place et jetaient ici et là des lueurs orangées sur l'asphalte mouillé. Nous nous retournâmes un instant vers la façade de l'hôtel que nous laissions derrière nous, dont l'enseigne lumineuse venait de s'allumer. Marie se dirigea vers le parking et alla droit sur la voiture de son père. Elle n'hésita pas une seconde. Plutôt que d'errer pendant une heure en bordure du vieux port en attendant que le chauffagiste en ait fini avec les réparations, elle avait décidé d'aller rapporter la voiture de son père à la Rivercina afin de gagner du temps et de pouvoir prendre le premier bateau pour quitter l'île d'Elbe au plus tôt le lendemain matin (et pour revenir de la Rivercina, nous prendrions un taxi). Elle démarra et nous quittâmes la ville. Très vite, passé le rond-point de la cimenterie, la route n'était plus éclairée. Après quelques kilomètres dans la campagne, nous passâmes à vive allure devant les entrepôts de la chocolaterie Monte Capanne plongés dans l'obscurité. Il n'y avait plus aucun barrage policier devant l'usine, plus rien ne ralentissait la circulation, je ne discernai au passage que des silhouettes de bâtiments obscurs dans la nuit desquels se dégageait encore une vague odeur de brûlé presque imperceptible.

À l'approche de l'embranchement qui menait à la Rivercina, Marie, apercevant de la lumière dans la maison de Maurizio, ralentit soudain, continua à faible allure sur quelques mètres, puis s'arrêta, se rangea sur le bas-côté, et éteignit les lumières de la voiture, les phares d'abord, puis les veilleuses. Tous les volets de la maison de Maurizio étaient toujours fermés, mais on apercevait de la lumière à travers les interstices des persiennes, et deux voitures étaient garées sur la terrasse bétonnée qui s'étendait devant la maison, le gros pick-up noir de Giuseppe et une voiture de carabiniers. Nous demeurions en silence dans la voiture, à observer attentivement la maison à travers le pare-brise. Il n'y avait aucun bruit. Marie venait de s'arrêter sur le bord de la route, je ne sais pas ce qui la poussa à attendre, mais, au bout d'un moment, la porte s'ouvrit et quatre ou cinq personnes sortirent de la maison, des carabiniers en uniforme, et Giuseppe se trouvait parmi eux, un peu en retrait, silencieux, la tête baissée, entouré de gendarmes. Giuseppe, nous le savions, entretenait des liens équivoques avec la police, d'informateur peut-être, de collusion, je ne sais pas, nous l'avions vu à l'œuvre ce matin avec un inspecteur en civil, mais il semblait là qu'il n'y eût aucune connivence avec les gendarmes, tout le monde était silencieux, les mines étaient sombres, c'était plutôt à une interpellation que nous étions en train d'assister. Un doute subsistait toutefois, l'ambiguïté demeurait, car Giuseppe n'était pas menotté, et, à aucun moment, les carabiniers ne le touchèrent, ne lui prirent le bras ou n'accompagnèrent son mouvement pour le faire entrer dans la voiture, mais ils le firent monter à l'arrière du véhicule, un carabinier de chaque côté de lui, tandis que deux autres prenaient place à l'avant. La voiture des carabiniers manœuvra dans l'étroite courette qui s'étendait devant la maison, passa les grilles et s'avança droit sur nous, les deux phares allumés, si bien que, l'espace d'un instant, Giuseppe, de l'arrière de la voiture, dut nous apercevoir, ainsi capturés dans le faisceau des phares. La voiture des carabiniers nous dépassa et s'éloigna, et c'est alors seulement que j'aperçus Antonina sur le pas de la porte, petite, raide, le visage dur, fermé, avec une expression de dignité et de douleur contenue, dont la silhouette apparaissait dans le halo d'une veilleuse allumée au-dessus de la porte de la maison. Elle demeura un instant ainsi à scruter l'horizon, et rentra, referma la porte derrière elle.

Marie remit le contact, mais ne ralluma pas les phares et s'engagea tous feux éteints dans le chemin qui menait à la Rivercina, le suivit à faible allure et alla se garer sous la remise. Nous descendîmes de la voiture, il n'y avait pas un bruit dans la nuit, on entendait un petit duc au loin.

Nous prîmes le chemin de la maison pour aller déposer les clés de la voiture et appeler un taxi. À l'approche de la terrasse, nous aperçûmes une ombre massive, immobile contre le mur, que nous peinâmes à identifier avant de comprendre qu'il s'agissait de la lourde table de jardin en fer forgé que nous avions laissée dehors. Nous nous approchâmes de la porte d'entrée, Marie introduisit la clé dans la serrure, poussa la porte, et s'arrêta net : il y avait de la lumière à l'étage. J'étais juste derrière elle, elle n'avait pas bougé, la main sur la poignée, coupée dans son élan, figée sur place. Il y a quelqu'un ? dis-je, en la contournant pour entrer, la tête levée vers l'étage. Je dis à Marie que je montais voir. Je m'engageai dans les escaliers et commençai à monter. Il y a quelqu'un ? dis-je, criai-je presque, une nouvelle fois, au milieu des escaliers, et c'est alors que je compris que, s'il y avait quelqu'un, c'était quelqu'un qui se cachait, c'était quelqu'un qui ne voulait pas se montrer, c'était quelqu'un qui ne répondrait pas à mes questions — et encore moins si elles étaient formulées en français. C'était donc quelqu'un qui ne bougerait pas d'où il était, que je devrais aller trouver moi-même, quelqu'un à qui j'allais devoir me confronter physiquement dans la chambre de Marie, et j'aurais sans doute été beaucoup moins effrayé de voir apparaître quelqu'un maintenant au-dessus de moi dans le couloir, que de devoir affronter cette pénombre silencieuse, immobile et trompeuse, sur laquelle je n'avais aucune prise. J'étais arrivé en haut des escaliers. Je m'avançai dans le couloir, lentement, marquai un temps d'arrêt devant la porte, et entrai dans la chambre de Marie. Je n'entrai même pas vraiment, un seul coup d'œil me suffit pour évaluer la situation, repérer les différents éléments, le lit défait, la commode, le pantalon de treillis abandonné au pied de la chaise. Rien n'avait bougé depuis ce matin, la chambre était vide, il n'y avait personne. J'éteignis la lumière et revins sur mes pas. Je redescendis les escaliers à tâtons dans l'obscurité en rassurant Marie, lui expliquant que nous étions seuls dans la maison, nous avions simplement dû oublier d'éteindre la lumière ce matin en partant.

Marie m'attendait au bas des escaliers, elle n'avait pas allumé de lumière au rez-de-chaussée, elle n'avait pas refermé la porte d'entrée. Elle n'avait pas bougé. Elle me prit la main alors, et m'entraîna à sa suite dans la maison silencieuse. Elle me dirigeait dans le noir, me fit traverser le salon où nous devinions des profils de meubles dans la pénombre et me guida jusqu'à la chambre du rez-de-chaussée où j'avais dormi l'été dernier. Elle me fit entrer, elle entra à ma suite et, sans allumer la lumière, elle se jeta sur moi pour m'embrasser, et je compris alors pourquoi elle avait tenu à m'entraîner dans cette pièce, parce que c'était ici, dans cette chambre, que nous avions fait l'amour l'été dernier, et les deux scènes se superposèrent alors dans mon esprit, je me trouvai à la fois dans le présent et dans le passé, dans les derniers jours d'août, quand Marie m'avait rejoint dans la chambre au petit matin, et maintenant, vacillant dans les bras de Marie dans l'obscurité totale de cette chambre hermétiquement close dont la fenêtre était obstruée par un volet cloué. Les lieux étaient les mêmes, les personnages les mêmes, nos sentiments les mêmes, seule la saison avait changé, l'automne s'était substitué à l'été, nous portions des manteaux à présent, alors que Marie était nue sous son tee-shirt quand elle m'avait rejoint sous les draps l'été dernier. Et, alors, toujours unis l'un à l'autre dans la chambre, serrés l'un contre l'autre, titubant, trébuchant contre les meubles, heurtant le barbecue, nous divaguâmes jusqu'au lit, sur lequel nous nous laissâmes tomber. Nous nous embrassions dans le noir, avec élan, avec détresse, avec confiance, avec amour, je sentais la fragilité de Marie dans mes bras, nous nous serrions éperdument dans les bras l'un de l'autre, comme deux mois plus tôt dans ce même lit, joignant nos corps, unissant nos vies, égalisant nos âmes, pour apaiser nos tensions, pour libérer les angoisses qui nous oppressaient depuis si longtemps, les dissoudre, les faire disparaître, je lui passais les mains sur le visage, Marie m'avait pris la tête entre les mains et m'embrassait avec une intensité dont elle n'avait jamais fait preuve, je sentais sa langue dans ma bouche, sa langue douce, passionnée, fervente, abandonnée, d'abord fraîche, et, à mesure, légèrement salée, Marie qui pleurait dans mes bras, je ne voyais pas son visage dans l'obscurité, je ne le sus pas avec les yeux, qu'elle pleurait, je le sus avec la langue, je sentais ses larmes dans ma bouche. Tout était humide, aqueux, fluide, ses larmes et nos salives qui se mêlaient dans le noir. Ne pleure pas, lui disais-je à voix basse en lui caressant doucement les cheveux, et elle faisait non de la tête, elle me disait qu'elle ne pleurait pas, qu'elle était tellement heureuse, et elle pleurait de plus belle, elle m'embrassait toujours, reniflant légèrement, et happant ses larmes avec sa langue, pour les mêler à nos baisers, sans cesser de m'embrasser, ouvrant à peine la bouche, pour me dire, me murmurer, dans un souffle, dans l'étreinte, dans les baisers eux-mêmes, avec une sorte d'étonnement : « Mais, tu m'aimes, alors ? »

CET OUVRAGE A ÉTÉ ACHEVÉ D'IMPRIMER LE TREIZE MAI DEUX MILLE TREIZE DANS LES ATELIERS DE NORMANDIE ROTO IMPRESSION S.A.S. À LONRAI (61250) (FRANCE)

N° D'ÉDITEUR : 5383

N° D'IMPRIMEUR : 133465

Dépôt légal : septembre 2013